Drei Chinesen mit 'nem Kontrabass
Saßen auf der Straßen
Und erzählten sich was.
Da kam die Polizei und fragt:
»Was ist denn das?«
»Drei Chinesen mit 'nem Kontrabass!«

Deutscher Kinderreim

Der E-Pang-Palast

Geschichte: Der E-Pang-Palast war ein monumentaler und berühmter Palastbau aus der Qin-Dynastie. Der Bau begann im Jahre 212 v. Chr. Bauherr war der erste chinesische Kaiser Qin Shihuang (259–210 v. Chr.), derselbe, der auch die Chinesische Mauer gebaut hat. Nicht nur wegen seiner Bauwut hatte der Kaiser zahlreiche Feinde, und als die Qin-Dynastie (221–207 v. Chr.) zusammenbrach, ließ der aufständische Bauernführer General Xiang Yu (232–202 v. Chr.) das pompöse, immer noch unvollendete Bauwerk kurzerhand abbrennen. Seine Ruine ist heute noch in der Nähe von Xi'an, der Stadt der Terracotta-Soldaten, zu sehen, und viele chinesische Dichter haben darüber geschrieben.

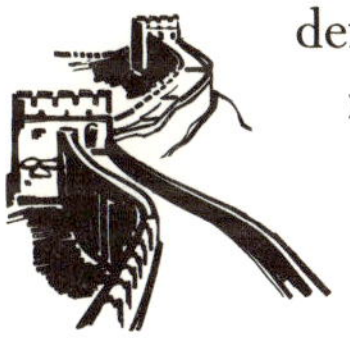

Der Schulrat inspiziert eine Schule. Beim Plaudern mit einem der Schüler fragt er beiläufig: »Weißt du, wer den E-Pang-Palast niedergebrannt hat?«

Der Schüler erstarrt vor Schrecken. Er beteuert: »Ich bin's nicht gewesen. Ich nicht.«

Bei der Abschlussbesprechung tadelt der Schulrat: »Die Kenntnisse eurer Schüler sind wirklich mangelhaft. Ein Schüler sagte sogar, er habe den E-Pang-Palast nicht niedergebrannt.«

Der Schuldirektor bleibt ganz gelassen: »Unsere Schüler sind alle ehrlich. Wenn er sagt, er hat's nicht getan, dann ist er's auch nicht gewesen.«

Der Schulrat ist erbost und schreibt einen Brief ans Kultusministerium, in dem er von den katastrophalen Zuständen an dieser Schule berichtet.

Es dauert nicht lange, da erhält er die Antwort des Kultusministers: »Wenn es nun einmal passiert ist, kann man nichts machen. Stell einen Kostenantrag und lass den Palast wieder aufbauen.«

Die Fahne

Im dritten Jahrhundert vor Christus gab es in der Armee des Bauernführers Xiang Yu (232–202 v. Chr.) einen klugen Offizier namens Han Xin († 196 v. Chr.), der sich allerdings nicht genügend anerkannt fühlte und deshalb zu dem späteren Kaiser Liu Bang (256–195 v. Chr.), dem Begründer der Xi-Han-Dynastie (206 v. Chr. – 24 n. Chr.) überwechselte.

帅

Aber auch Liu Bang erkannte die Qualitäten des genialen Strategen nicht gleich, und Han Xin verließ das Lager des Feldherrn in einer mondhellen Nacht. Ein Berater von Liu Bang ritt ihm nach und überredete ihn, noch einen Tag länger zu bleiben. Dann ging er zu Liu Bang und sagte: »Mein Herr, Ihr dürft diesen Mann nicht gehen lassen, er wird für Euch das Reich erobern.«

Liu Bang blieb skeptisch. »Lasst ihn hereinkommen«, sagte er, »ich will ihn auf die Probe stellen.«

Als Han Xin eintrat, gab ihm Liu Bang ein weißes Taschentuch. »Ich will Euch zum Kommandeur machen über so viele Soldaten, wie Ihr auf dieses Taschentuch malen könnt. Dafür habt Ihr sechs Stunden Zeit.«

Am nächsten Morgen kehrt Han Xin zurück. Auf dem Taschentuch sieht man ein geschlossenes Stadttor. Darüber weht eine Fahne mit dem Schriftzeichen *shuai* (das heißt: »der erste Mann in der Armee«).

»Wo sind die Soldaten?«, fragt Liu Bang.

»Die seht Ihr hier auf dem Bild«, sagt Han Xin. »Denn hinter dieser Fahne stehen 100 000 Soldaten mit ihren Pferden.«

Tatsächlich wurde Han Xin zum Oberkommandierenden der gesamten Armee und schlug Liu Bangs Konkurrenten Xiang Yu in einer Umfassungsschlacht bei Gaixia in der heutigen Provinz Anhui. Dadurch wurde Liu Bang zum Alleinherrscher. Der wachsende Machtanspruch des Armeeführers aber machte die Kaiserin misstrauisch und so ließ sie Han Xin im Jahre 196 v. Chr. ermorden. Daher stammt das chinesische Sprichwort: Wer ein Reich gründen will, kann jeden guten General brauchen; wer ein Reich behalten will, muss jeden General töten.

Rentables Geschäft

Du hast es gut«, sagt der Patient zum Zahnarzt. »Du ziehst mir den Zahn in drei Sekunden und kassierst zweihundert Yuan dafür. Ich muss dafür viel länger arbeiten.«

»Na schön«, sagt der Zahnarzt. »Ich kann dir den Zahn auch in Zeitlupe ziehen.«

Unglückliche Liebe

荷包蛋

Herr Ai macht einen Heiratsantrag: »Wollen Sie meine Frau werden?«

»Das geht nicht«, sagt Fräulein Spiegel.

»Aber warum denn nicht?«

»Weil unser Erstgeborenes ›Spiegel-Ei‹ heißen würde.«

»Spiegelei« heißt auf chinesisch: hé-baodan. Das Wort setzt sich zusammen aus »hé« (Lotos) und »bao« (das Umgebende). Es spielt auf die weißen Blütenblätter an, die einen gelben Kelch umgeben.

Guter Rat

智

Ein Armenarzt trifft einen reichen Gutsbesitzer.

Der Reiche will den Hungerleider ein wenig verspotten und sagt: »Ich habe eine schreckliche Krankheit: Ich mag nur gute Dinge essen.«

»Diese Krankheit kann ich nicht heilen«, sagt der Arzt. »Aber ich kann Euch doch helfen. Nehmt zwei Kilo Salz und löst es in einer Schüssel Wasser auf. Dann trinkt Ihr die Medizin. Sie wird Euch zu vielen faulen Fürzen verhelfen.«

»Faule Fürze« heißt auf chinesisch: xian-pi.

Das Schicksal

命

Ein Landstreicher kommt eines Abends in eine menschenleere Gegend. Als er einen großen Tontopf am Rand des Waldes sieht, entscheidet er sich, darin zu übernachten. Aber in der Nacht weht der Wind so kalt durch das Gehäuse, dass der arme Mann zittert und seufzt: »Ach, was für ein Schicksal ich habe!«

Ein Affe im Wald hört den Satz und wird neugierig. In den uralten Wäldern hat er schon vieles gesehen: Wolf, Leopard, Tiger, Bären. Doch ein Schicksal hat er noch nie zu Gesicht bekommen. So schleicht er von seinem Baum herunter, um einen Blick auf das unbekannte Wesen zu werfen. Doch er fürchtet, das Schicksal könnte ein schreckliches Raubtier sein. Deshalb steckt er vorsichtshalber nicht den Kopf, sondern den Schwanz in den offenen Topf.

Der Mann bemerkt das buschige Tierchen und greift wie ein Jäger danach. Da hat er den Affenschwanz in der Hand. Der Affe zappelt fürchterlich herum, um sich zu befreien. Doch der Landstreicher zieht ihn in den Topf hinein und sagt: »Zapple nur. Dem Schicksal wirst du nicht entkommen!«

Liebesleben

Die Giraffenfrau hat einen Affen geheiratet. Nach einem Jahr ist sie des Ehemanns müde. »Dein ewiges Herumgespringe macht mich ganz nervös.«

»Ist gut«, sagt der Affe. »Ich bin es auch leid, dass ich für jeden Kuss auf den Baum steigen muss.«

Tüchtiger Mann

Ein Geizhals schickt seinen Diener zum Weinkaufen, gibt ihm aber kein Geld mit. Da fragt der Diener: »Herr, womit soll ich Wein kaufen?«

Der Herr: »Mit Geld Wein kaufen, das kann jeder. Nur wenn einer ohne Geld Wein kaufen kann, ist er wirklich ein tüchtiger Mann.«

Nach einer Weile kommt der Diener zurück, in der Hand eine leere Flasche.

Der Herr ist erzürnt: »Was soll ich nun trinken?!«

Der Diener entgegnet gelassen: »Aus einer vollen Flasche trinken, kann jeder. Nur wenn einer aus einer leeren Flasche Wein trinken kann, ist er wirklich ein tüchtiger Mann!«

Eheleben

»Von nun an«, sagt die Braut zu ihrem eben angetrauten Mann, »sagen wir nicht mehr ›mein‹ und ›dein‹, von jetzt an ist alles ›unser‹.«

爱

Der Mann verschwindet im Bad und kommt lange nicht wieder heraus.

»Was machst du?« ruft schließlich die Braut.

»Ach, nichts, Schatz«, antwortet der Frischvermählte. »Ich rasiere nur unseren Bart.«

Fromm

Die Eltern der Braut sind gar nicht glücklich über den Auserwählten ihrer Tochter. »Er muss wenigstens die Grundzüge des Buddhismus studieren«, erklärt der Papa, »sonst kann ich euch meinen Segen nicht geben.«

Seine Tochter redet monatelang nicht mehr mit ihm.

Schließlich wird der Vater doch unruhig. Er fragt seine Tochter: »Na, was macht denn dein Verlobter? Geht es ihm gut?«

»Ja«, sagt die Tochter. »Dem geht es ganz ausgezeichnet. Er hat den Buddhismus studiert, und jetzt ist er Mönch geworden.«

Vertretung

代理

Die Sekretärin Zhang liegt im Krankenhaus. Ihre Kollegen bringen ihr Obst, Kuchen und Kekse.

»Das ist aber lieb von euch«, sagt Frau Zhang. »Es tut mir so leid, dass ihr jetzt die ganze Arbeit tun müsst, wenn ich im Krankenhaus liege.«

»Ach, das ist gar nicht so schlimm«, sagt Herr Fang. »Frau Wang macht den Tee. Herr Lin liest die Zeitung und Frau Liu schläft mit dem Chef.«

Vermisstenanzeige

Ein Mann kommt auf die Polizeistation. »Meine Ehefrau ist verschwunden.«

»Wie sieht sie denn aus?«

»Nicht sehr groß, aber dick. Sie hat dünne Haare und eine dicke Nase.«

»Wie bitte? Warum suchst du sie dann?«

Verspätung

Frau Wu geht zum Wahrsager und begrüßt ihn sehr freundlich: »Vor fünf Jahren haben Sie mir gesagt, ich würde heiraten und fünf Kinder haben, vier Söhne und eine Tochter.«

»Ja, und? Ist die Vorhersage nicht eingetroffen?«

»Doch, doch. Ich habe vier Söhne und eine Tochter.«

»Ja, und? Soll ich noch etwas weissagen?«

»Ja, bitte. Ich wollte fragen, wann denn der Ehemann kommt.«

Beim Theater

激情

Der Regisseur erklärt der jungen Frau Wai ihren Auftritt: »In dieser Szene kommt ein junger Mann in dein Zimmer, fesselt dich und küsst dich dann wie ein Verrückter. Hast du noch Fragen?«

»Ja. Ist der junge Mann groß und hübsch?«

»Ja, natürlich.«

»Dann braucht er mich nicht zu fesseln.«

Zum Frühstück

Ein hoher Kader wird auf eine Konferenz geschickt. Das Unglück will es, dass ihm zum Frühstück ein Ei serviert wird, das nicht mehr ganz frisch ist. Er beschwert sich, und die junge Kellnerin verspricht, ihm ein neues zu bringen. Leider erkennt sie den Gast aber unter den vielen Kongressteilnehmern nicht wieder. Deshalb ruft sie laut in den Saal: »Wer von Ihnen hatte das schlechte Ei?«

Keiner meldet sich.

Sie ruft noch einmal lauter: »Welcher ist der mit dem schlechten Ei?«

Das hört der Manager und verbessert: »Sie müssen sagen: Welcher *Leiter* hatte ein schlechtes Ei?«

Die Kellnerin ist jetzt völlig verwirrt. Sie dreht sich um und schreit: »Welcher von euch Leitern ist das faule Ei?«

Wenn ein chinesisches Wort Adjektiv sein soll, wird es durch »de« mit dem Substantiv verbunden. »Faules Ei« heißt also huai de dan. *Lässt man dieses kleine Hilfswort aber weg, so entsteht* huai-dan, *eine feste Formel für einen »bösen Mann« oder einen »Halunken«.*

Kater

Gestern Abend haben Sie aber ganz schön getrunken«, sagt Herr Wang zu seinem Nachbarn.

»Woher wissen Sie das?«

»Nun ja, meine Katze hat das gefressen, was Sie ausgekotzt haben, und jetzt ist sie immer noch blau.«

Die Einladung

Ein reicher Gutsbesitzer hatte ein schönes Haus und eine glückliche Familie. Nur eines hatte er nie erreicht: Kein Mitglied seiner Familie hatte je lesen und schreiben können. Das wollte der Alte jetzt ändern. Er schickte seinen Sohn zu einem guten Lehrer.

Am ersten Tag machte der Lehrer einen Querstrich 一 und sagte dazu: »Das heißt *yi*. Das ist die Eins.«

Der Sohn ging nach Hause, malte den ganzen Tag Striche und sagte: *yi*.

Am zweiten Tag machte der Lehrer zwei Striche übereinander 二 und sagte: »Das heißt *er*. Das ist die Zwei.«

Der Sohn ging nach Hause, malte den ganzen Tag doppelte Striche und sagte: *er*.

Am dritten Tag machte der Lehrer drei Striche übereinander 三 und sagte: »Das heißt *san*. Das ist die Drei.«

Der junge Mann war sehr stolz auf seine Kenntnisse. »Wir brauchen den Lehrer jetzt nicht mehr«, sagte er zu seinem Vater. »Das Geld kannst du sparen.«

友

Ein paar Tage später wollte der Vater einen Freund zum Weintrinken einladen und beauftragte seinen Sohn, ihm eine Einladung zu schicken. Der Freund aber hieß *Wan*, das heißt auf deutsch: »Zehntausend«.

Der junge Mann hatte leider nie erfahren, dass man »zehntausend« mit vier Strichen schreibt 万, und so begann er frohgemut, Querstriche hintereinander zu schreiben. Als er am Abend des ersten Tages fünfzig Blätter vollgeschrieben hatte, fragte der Vater: »Bist du noch nicht fertig?«

»Leider nein«, sagte der Sohn. »Kannst du nicht jemand anderen einladen?«

Im Supermarkt

家乐福

Der Pandabär geht in den Supermarkt. Es ist eine Filiale der Firma *Carrefour* oder Chinesisch *Jia Le Fu* (was Familie-Lachen-Glück heißt), ein großes Gebäude mit drei Etagen. Als er zum Eingang kommt, begegnet ihm ein wütendes, laut schimpfendes Känguru.

»Was ist denn los?« fragt der gemütliche Panda.

»Dieser verdammte Türsteher hat gesagt, ich müsste meinen Beutel abgeben, ehe ich reindarf!«

Der Verkäufer

生意

An der Straße steht ein Mann mit einem Karren und schreit mit brüchiger Stimme: *»Mai gao le! Mai gao le!«* Das heißt auf Deutsch: »Kuchen zu verkaufen!«

Da kommt ein Mann und fragt: »Warum schreist du nicht lauter?«

»Ich habe solchen Hunger«, krächzt der Mann. »Ich hab keine Kraft.«

»Warum isst du dann nicht ein Stück Kuchen?« fragt der Passant.

Der Verkäufer flüstert ganz leise: »Weil der Kuchen verdorben ist, guter Herr.«

Gute Erziehung

Ein besorgter Vater zahlt eine hohe Kaution und holt seinen Sohn auf der Polizeiwache ab.

Er ist schon zum zweiten Mal wegen Diebstahls verhaftet worden.

»Sie sollten Ihren Sohn besser erziehen«, sagen die Polizisten. »Wir wollen ihn hier nie wieder sehen.«

»Aber ich habe ihn gut erzogen, Herr Polizist«, sagt der Vater. »Aber was kann ich dafür, wenn ihr ihn trotzdem erwischt.«

Der Schaffner

Eine alte Frau, schwer auf ihren Schirm gestützt, besteigt einen Bus in Shanghai und setzt sich direkt hinter den Fahrer. Als der Bus das erste Mal hält, sticht sie dem Fahrer mit dem Schirm in den Rücken und fragt: »Ist das der Bahnhof?«

»Nein«, sagt der Fahrer. »Das ist der Volksplatz.«

Bei der nächsten Station sticht sie dem Fahrer erneut in den Rücken und fragt: »Ist das der Bahnhof?«

»Nein«, sagt der Fahrer. »Das ist die Messehalle.«

Bei der dritten Station sticht sie dem Fahrer noch mehr in den Rücken und fragt: »Ist das der Bahnhof?«

»Nein«, schreit der Fahrer. »Das ist mein Arsch, und wenn Sie nicht sofort damit aufhören, schmeiß ich Sie raus!«

公车

Im Restaurant

Zwei Freunde gehen zusammen essen. »Lass uns ein schönes Huhn essen!« sagt Herr Long. »Und wer den Bürzel kriegt, braucht nicht zu zahlen, weil der andere ihn einlädt.« Der Bürzel ist das Hinterteil vom Huhn.

»Gut«, sagt Herr Pang. »Gehen wir ins *Bai zan ji*.« Das heißt zu Deutsch: Ins »Weiß geschnittene Huhn«.

Als das Essen serviert wird, tut Herr Long so, als wolle er der Kellnerin helfen, grabscht mit einer geschickten Handbewegung den Bürzel des Huhns von der Platte und stopft ihn sich in den Mund.

Auch Herr Pang ist nicht müßig. Eifrig sucht er unter den Fleischstücken nach dem Hinterteil, kann aber nichts finden.

Schließlich wird es Herrn Long zu viel. »Du brauchst nicht länger zu suchen«, sagt er triumphierend und zeigt auf seinen Mund: »Der Hühnerarsch ist nämlich hier.«

Eine hierarchische Frage

狗

Ein Student sitzt beim Essen. Es schmeckt ihm gut.

Da kommt ein Hund und wedelt mit dem Schwanz. Er möchte etwas abhaben. Da sagt der Student: »Wenn du mich Papa nennst, darfst du mich fressen.«

Nota bene: Der Student muss ein Chinese gewesen sein. Niemandem sonst ist es so wichtig, den anderen zur Anerkennung der eigenen Überlegenheit zu bringen. Dass der Hund tatsächlich »Papa« gesagt hat, ist allerdings unwahrscheinlich.

Spekulativ

Im Februar 1972 wurde China von Richard Nixon besucht. Der amerikanische Präsident unterhielt sich gut mit Mao Zedong. Als er dem greisen Revolutionsführer die Frage stellte, wie sich wohl die Geschichte entwickelt hätte, wenn nicht John F. Kennedy, sondern Chruschtschow einem Attentat zum Opfer gefallen wäre, sagte Mao nach kurzer Überlegung: »Ich glaube nicht, dass Onassis die Frau von Chruschtschow geheiratet hätte.«

毛

Teekenner

Ein Deutscher kommt mit seiner Freundin in ein chinesisches Teehaus und wird außerordentlich höflich begrüßt. Nachdem sie Platz genommen haben, fragt der Besitzer, ob sie lieber Tee aus China oder aus Taiwan haben möchten.

茶

»Welcher Tee ist denn besser?«, fragt der Besucher.

»Oh«, sagt der Besitzer. »Der taiwanesische Tee ist sehr aromatisch und wohlschmeckend.«

»Und der chinesische?«

»Der schmeckt noch ein bisschen besser.«

»Und warum sollten wir dann taiwanesischen Tee trinken?«

»Nun, der taiwanesische ist Demokratee.«

Zweite Ehe

Der berühmte Mandarin Zhu Maichen aus der Han-Dynastie († 115 v.Chr.) war in seiner Jugend sehr arm, hatte aber eine Frau, die er über alles liebte. Leider konnte die Frau seine Armut nicht ertragen und ließ sich den Scheidebrief von ihm ausstellen.

心

Als er aber Mandarin und Statthalter in Huiji geworden war, kam sie zu ihm in den Palast und fragte, ob sie nicht wieder seine Frau werden könnte.

Da nahm Maichen eine Schüssel mit Wasser und schüttete es auf dem Boden aus. »Siehst du das Wasser?«, fragte er. »Wenn es dir gelingt, jeden Tropfen davon zurück in die Schüssel zu bringen, dann werde ich den Scheidebrief zerreißen und dich wieder zurücknehmen.«

Federvieh

In der Schule geht es wieder einmal hoch her. Die Mädchen schwatzen und schnattern, was das Zeug hält.

»Oh je«, schimpft der Lehrer. »Zwei Frauen sind schlimmer als tausend Enten!«

Die Mädchen verstummen beleidigt.

Kurz darauf klopft es an der Tür. Der Lehrer schickt seine Lieblingsschülerin zum Nachsehen.

»Nun, wer ist es?«, fragt er, als sie zurückkommt.

»Ach, da draußen sind fünfhundert Enten und bringen Ihnen das Mittagessen, Herr Lehrer.«

Das große Nudelessen

Der kaiserliche Beauftragte Li Hongzhang (1823–1901) hatte eine große europäische Delegation zu Besuch. Zum Mittagessen gab es *jiaozi* (das sind Teigtaschen in Halbmondform). Wie sich zeigte, hatten die Europäer große Schwierigkeiten, die glitschige Mahlzeit mit den traditionellen chinesischen Essstäbchen zum Munde zu führen. Immer wieder sah Li Hongzhang, wie sich die Gäste die Uniformen bespritzten.

»Oh weh«, dachte er, »Laofoye (damit meinte er die gottähnliche Kaiserinwitwe Cixi) wird mich schelten, wenn die Laowai (Ausländer) beim Essen das Gesicht verlieren.« Um es seinen Gästen leichter zu machen, legte er die Stäbchen beiseite und griff beherzt mit den Fingern in die Schüssel, um die köstlichen *jiaozi* zu essen.

Beim feierlichen Diner hatte er die Probleme der Langnasen aber schon wieder vergessen und verspeiste vergnügt seine Nudeln. Da merkte er plötzlich, dass die Europäer ihn alle anstarrten und gespannt darauf warteten, ob er vielleicht erneut das Zeichen geben würde, es sich beim Essen ein bisschen bequemer zu machen.

吃

Darüber musste er lachen. Er lachte und lachte. Er lachte so heftig, dass ihm schließlich eine lange glitschige Nudel zur Nase herauskam.

Die Europäer, so heißt es, versuchten vergeblich den Trick nachzuahmen.

Heldentum

Ein Deutscher, ein Japaner und ein Chinese fliegen in einem Privatflugzeug von Tokyo nach Shanghai. Mitten über dem Chinesischen Meer sagt der Pilot: »Unsere Maschine verliert Treibstoff. Wir müssen Ballast abwerfen. Wer von euch springt ins Wasser?«

在空中

»Wir müssen knobeln«, sagt der Deutsche. »Wer das kürzeste Streichholz zieht, der muss springen.«

Die Passagiere knobeln. Der Deutsche verliert. Er macht die Flugzeugtür auf, schaut in die Tiefe, schreit »Deutschland, Deutschland über alles«, und springt.

Zehn Minuten später kommt der Pilot erneut. »Wir müssen noch mehr Ballast abwerfen.«

Die beiden Übriggebliebenen knobeln. Diesmal verliert der Chinese. Er macht die Flugzeugtür auf, schaut in die Tiefe, schreit »Lang lebe die herrliche Volksrepublik China« – und stößt den Japaner hinunter.

Dessous

Eine Ehefrau hatte einen sehr kleinen Busen, trug aber gern kostbare französische Spitzen-BHs. Die hohen Rechnungen waren ihrem Ehemann stets ein Dorn im Auge.

Eines Abends überrascht sie ihren Mann wieder einmal mit einem sehr luxuriösen Modell.

»Was soll das?« schimpft der erboste Gemahl. »So eine teure Verpackung und fast keinen Busen?«

»Na und?« sagt sie schnippisch. »Du trägst doch auch Unterhosen!«

Zärtlicher Suizid

Ein abgewiesener Liebhaber beklagt sich bei seinen Freunden über seinen Liebeskummer und über die bösen Frauen. »Frauen«, sagt er, »sind schlimmer als Gift!«

Ein paar Tage später überrascht ihn einer seiner Freunde mit einer Dame in einem versteckten Winkel im Park. Er hält die Schöne fest umschlungen und küsst sie mit leidenschaftlicher Gier.

»Na«, sagt sein Freund, »hast du mir nicht gestern erzählt, die Frauen seien schlimmer als Gift?«

»Oh, ja!« bestätigt der andere. »Siehst du nicht, dass ich vor lauter Liebeskummer gerade Selbstmord begehe?«

Lenins Sorge

Der große Lenin liegt im Sterben. An seinem Bett steht auch Stalin, der sein Nachfolger werden will.

»Ach«, sagt der sterbende Revolutionsführer. »Ich habe noch eine Sorge.«

»Was für eine Sorge?« fragt Stalin. »Sag es mir, lieber Iljitsch!«

»Nun, ich will es dir nicht verheimlichen«, sagt Lenin. »Ich habe Angst, dass dir die Menschen nicht folgen.«

»Sei unbesorgt, geliebter Wladimir Iljitsch! Sie werden mir folgen.«

»Und wenn nicht?«

»Dann folgen sie dir!«

谁跟谁？

Das Parkhaus

In Nanking wird das erste Parkhaus eröffnet. Der Bürgermeister fragt den Architekten: »Nun, Meister Wu, wie viele Autos können hier parken?«

»Das kommt darauf an«, sagt der Baumeister. »Wir haben genau hundert Stellplätze. Wenn Amerikaner kommen, dann passen achtzig Autos hinein. Wenn Deutsche kommen, dann sind es natürlich hundert. Wenn Japaner kommen, kriegen wir sogar hundertzwanzig hinein.«

»Schön und gut«, sagt der Bürgermeister. »Und was ist mit ganz gewöhnlichen Chinesen?«

»Wenn Chinesen kommen, passen leider nur zwei Autos rein.«

»Und wieso?«

»Na ja: eins am Eingang und eins am Ausgang.«

Arbeitsteilung

Warum hat eine Frau nur ständig im Haushalt zu tun?«, jammert Taohua (das heißt: Pfirsichblüte). »Was kann man dagegen bloß machen?«

»Ich wüsste schon was«, sagt ihr Ehemann Zhiwei (großer Ehrgeiz). »Aber du willst ja nicht, dass ich zwei Frauen habe.«

Der Preis der Kunst

Ein reicher Gutsbesitzer namens Ding Zhaokang wurde fünfzig und wollte eine Festgesellschaft einladen. Um seine Gäste ordentlich zu beeindrucken, bestellte er ein großes Gemälde bei dem berühmten Maler Tang Bohu (1470–1523). Das Gemälde sollte den Auftraggeber darstellen.

Bohu wusste, dass der Gutsbesitzer ein arger Geizhals war, und verlangte deshalb ein Honorar von siebzig Liang Silber (ein Liang entspricht einer Unze, das sind 31,25 g).

Der Gutsbesitzer handelte ihn schließlich auf fünfzig Liang herunter.

Drei Tage vor dem großen Fest ist das Bild fertig. Herr Ding geht zum Haus des Malers, um das Werk zu besichtigen. Es ist wohl gelungen, aber Herr Ding versucht trotzdem, den Preis noch einmal zu drücken. »Das Gewand, in dem Ihr mich gemalt habt, hat zu lange Ärmel. Könnt Ihr sie nicht etwas kürzen? Sonst kann ich Euch leider nur vierzig Liang bezahlen.«

»Selbstverständlich, Herr Ding«, sagt Bohu lächelnd. »Kommt morgen wieder.«

交易

Tatsächlich gelingt es ihm, die Ärmel über Nacht deutlich kürzer zu machen. Aber der kritische Kunde ist jetzt erst recht unzufrieden. »Meine Arme sind viel zu nackt«, sagt er. »Malt noch ein paar schöne Armreifen! Sonst kann ich Euch leider nur dreißig Liang bezahlen.«

Über Nacht malt Bohu die schönsten Armreifen. Sie funkeln, als wären sie wirklich aus echtem Gold.

»Gut«, sagt der Gutsbesitzer, »jetzt habt Ihr die vierzig Liang verdient.«

»Das wird nicht reichen«, sagt Bohu. »Seht Ihr nicht die goldenen Armreifen funkeln? Jetzt kostet das Bild hundert Liang.«

»Das kommt überhaupt nicht in Frage«, sagt der Gutsbesitzer und geht. In der Nacht überlegt er sich, dass es sich zwar um ein sehr schönes Bild handelt, das aber sicher niemand ein Porträt von ihm haben will – außer ihm selbst. Der Maler kann das Bild an niemand anderen verkaufen und der Gutsbesitzer kann den Preis frei bestimmen. Er wird ihm fünf Liang anbieten und Bohu wird damit zufrieden sein müssen.

Am nächsten Tag ist der Geburtstag. Die Gäste können jeden Augenblick kommen.

Ding eilt zum Haus des Malers und findet eine fröhliche Menge, nicht wenige von seinen Gästen darunter. »Was soll das bedeuten?«, fragt er einen der Zuschauer.

Wortlos zeigt der Mann auf das Bild, das über der Tür hängt. Es ist das Porträt von Ding Zhaokang. Aber statt der goldenen Armreifen trägt der Gutsbesitzer jetzt Handschellen.

Er stellt den Maler zur Rede. »Gebt mir sofort das Bild! Ihr kriegt Eure hundert Liang.«

»Gern«, lächelt Bohu. »Aber es kostet jetzt zweihundert Liang.«

Der General

大使馆

Der General Han Fuju (1890–1938), der Vizekommandeur des 5. Militärbezirks, spielte unter Chiang Kai-shek eine große Rolle, wurde aber schließlich wegen Separatismus entmachtet und hingerichtet. Er war ein gefürchteter Soldat, aber kein besonders gebildeter Mann. Seine Reden waren oft sehr überraschend, und die *xinshenghuo yundong*, die »neue Lebensart«, unterstützte er nur sehr selektiv.

»Ich verstehe nicht«, sagte er einmal wütend, »warum die Leute auf der Straße alle rechts gehen sollen? Dann bleibt die andere Straßenseite ja ganz unbenutzt!«

Auch seine Auffassungen über Außenpolitik waren sehr originell. »Alle Ausländer«, erklärte er zornig, »haben ihre Botschaftspaläste auf der Dongjiaomin-Straße gebaut. Aber wo ist die Chinesische Botschaft?«

Nachbarschaft

虎

Zwei Nachbarn gehen in den Wald, um Holz zu sammeln. Da begegnen sie einem Tiger. Der eine wirft alles Holz weg, was er gesammelt hat, und fängt an zu rennen.

»Was machst du?« ruft der andere ihm hinterher. »Schneller als der Tiger kannst du sowieso nicht laufen.«

»Das muss ich auch nicht«, sagt der erste. »Ich muss ja bloß schneller laufen als du.«

Rationell

节
俭

Ein Vater schickt seinen Sohn einkaufen. »Bring uns ein schönes Stück Fleisch«, sagt er.

Der Sohn bleibt eine Weile weg, und der Vater merkt, dass er keine Sojasoße mehr hat.

Als der Sohn schließlich zurückkommt, zeigt er stolz den schönen Braten, den er gekauft hat. »Hast du auch Sojasoße mitgebracht?« fragt der Vater ungeduldig.

»Nein«, sagt der Sohn, »du hast ja nur Fleisch verlangt.«

»Dummer Junge«, sagt der Vater wütend. »Merk dir eins: Man muss immer zwei Dinge auf einmal erledigen!«

Ein paar Wochen später wird der Vater schwer krank. »Hol den Arzt!«, bittet er seinen Sohn.

Der Sohn bleibt eine Weile weg, und als er zurückkommt, sind gleich zwei Männer in seiner Begleitung.

Der Vater erkennt den Arzt und nickt. Dann fragt er: »Und wer ist der andere Herr?«

»Nun ja, Papa. Diesmal hab ich gleich alles auf einmal erledigt. Das ist der Leichenbestatter.«

Das Match

Buddha und König Jama (der Herrscher der Finsternis) wollen ein Fußballturnier austragen. »Du hast keine Chance«, lächelt Buddha zufrieden, »ich habe die besten Spieler der Welt.«

»Sei dir nicht so sicher«, grinst Jama. »Ich habe chinesische Schiedsrichter.«

Herrliche Zeiten

Ein hoher kaiserlicher Beamter war seiner Frau müde und hätte gern eine Konkubine gehabt. Er traute sich aber nicht, seiner Frau das zu sagen. Stattdessen griff er zu einer List.

美眉

Als er am Abend aus dem Palast nach Hause kam, stellte er sich ganz betrübt und sagte: »Liebe Frau, wir verstehen uns ja recht gut, aber heute hat der Kaiser einen Befehl erlassen, dass alle seine Beamten nicht nur eine Frau haben sollen, sondern dazu noch eine zweite Frau nehmen müssen.«

Ein solches Arrangement war zur Kaiserzeit durchaus üblich. Die erste Frau war die »große«, die Konkubinen waren die »kleinen«. Trotzdem war die Frau misstrauisch. »Zeig mir doch einmal den kaiserlichen Befehl, lieber Mann«, bat sie.

Der Mann hatte sich gut vorbereitet. Er wusste, dass seine Frau nicht viele Schriftzeichen kannte. Deshalb zeigte er ihr einen alten Kalender, den er in gelbe Seide (die kaiserliche Farbe) gehüllt hatte.

Die Frau gab sich zufrieden, und der Mann nahm eine junge Frau als Kebsweib.

Eines Tages war er gerade auf einem Ausflug mit seiner »kleinen« Frau, da packte die andere die Neugier. Sie holte den angeblichen kaiserlichen Befehl aus der Schublade und las:

Januar: groß
Februar: klein
März: groß
April: klein

Hm, dachte sie. Der Kaiser ist doch ein kluger Mann. Er sorgt dafür, dass beide Frauen ihr Recht kriegen.

Dann aber stieß sie auf den Juli und den August und fing an zu schimpfen: »Das ist doch eine Ungerechtigkeit, dass ausgerechnet die erste Frau die beiden heißesten Monate kriegt.«

**In China werden die kurzen Monate als »kleine« Monate (mit 29 Tagen) bezeichnet, die langen Monate als »große« (mit 30 Tagen). Der chinesische »Mond-Sonnen«-Kalender entspricht aber nicht dem europäischen, denn er orientiert sich sowohl an der Sonne als auch am Mond, was bedeutet, dass alle neunzehn Jahre sieben »Schaltmonate« eingefügt werden müssen.*

Der neue Mensch

变

Ein Mann kommt betrunken nach Hause und wird von seiner Frau so heftig beschimpft, dass er Besserung schwört. »Ich will ein anderer Mensch werden!«, sagt er.

Am nächsten Tag kommt er wieder betrunken nach Hause.

»Ich dachte, du wolltest ein anderer Mensch werden«, sagt seine Frau, nachdem sie ihn tüchtig ausgeschimpft hat.

»Das bin ich auch«, sagt der Mann. »Woher sollte ich wissen, dass der andere auch säuft?«

Der Bräutigam

男

Die Kunst des Handlesens ist in China weit verbreitet. Dabei betrachten die Wahrsager nicht nur die Handlinien, sondern betasten auch die Finger und versuchen, die Form der Hände zu deuten.

Ein junger Mann kommt zu einem dieser Wahrsager und fragt ihn nach seiner Zukunft.

»Sie haben eine Hand wie Baumwolle«, sagt der Wahrsager. »Das bedeutet, Sie haben immer Geld in der Tasche.«

»Und wie ist das bei Frauen?«

»Wenn eine Frau eine Hand wie Ingwer hat, dann sind ihre Schränke voll Gold.«

Da freut sich der Mann und sagt: »Dann bin ich sicher bald reich. Denn meine Braut hat eine Hand wie Ingwer.«

»Woher wissen Sie das?«

»Je nun, gestern hat sie mir eine geknallt, und mein Mund brennt noch immer wie Feuer.«

Liebeslohn

草地

Ein Bauer kommt zu einer Hure und fragt: »Was soll es denn kosten?«

Da sagt die Liebesdienerin: »Auf der Wiese zehn Yuan, auf dem Stuhl zwanzig und im Bett fünfzig.«

Der Bauer gibt ihr fünfzig Yuan.

»Oho, großer Bruder, du hast wirklich Stil«, sagt die Hure.

»Nix da, Stil«, sagt der Bauer. »Du legst dich jetzt auf die Wiese, und wir machen es fünfmal hintereinander.«

Dankbarkeit

Ein gutherziger Mann gibt einem Bettler, der auf der Straße sitzt, regelmäßig eine Spende. Eines Tages sagt der Bettler: »Darf ich dir eine Frage stellen? Vor zwei Jahren hast du mir jedes Mal zehn Yuan gegeben. Letztes Jahr waren es nur noch fünf. Und seit diesem Jahr ist es nur noch einer. Woher kommt das?«

»Nun ja«, sagt der großzügige Spender. »Vor zwei Jahren war ich noch Single. Letztes Jahr hab ich geheiratet und seit Januar hab ich einen Sohn.«

Der Bettler ist höchst verärgert. »Und wie kommen Sie dazu«, fragt er wütend, »Ihre Familie von meinem Geld zu ernähren?«

Die Beförderung

Ein Beamter ist befördert worden. Stolzgeschwellt erzählt er seiner Frau von seiner größeren Verantwortung.

»Hmm«, sagt die junge Gemahlin. »Wenn du jetzt Oberregierungsrat bist, ist dann eigentlich auch dein Schwanz größer geworden?«

»Natürlich«, sagt der Mann stolz.

Nach einigen Gläsern Pflaumenwein gehen die beiden ins Bett und pflegen der Liebe.

大
小

»Hmm«, sagt die junge Gemahlin. »Das war ja sehr nett, aber direkt größer ist er mir eigentlich nicht vorgekommen.«

»Natürlich nicht«, sagt der Mann nach einer kurzen Pause. »Du bist ja jetzt auch Oberregierungsratsgattin. Wir sind eben beide größer geworden.«

Weltmeister

Ein Koreaner, ein Japaner und ein Chinese, alle drei Fußballfans, gehen in den Tempel.

»Weiser Buddha«, sagt der Koreaner, »wann werden die Koreaner Weltmeister?«

Buddha lächelt. »In fünfzig Jahren.«

Da weint der Koreaner. »O weh! Das werde ich nicht mehr erleben.«

佛

Dann fragt der Japaner: »Weiser Buddha, wann werden die Japaner Weltmeister?«

Buddha lächelt. »In hundert Jahren.«

Da weint der Japaner. »O weh! Das werde ich nicht mal im nächsten Leben erleben.«

Dann fragt der Chinese: »Wann werden die Chinesen Weltmeister?«

Da weint Buddha: »Das werde ich nicht mehr erleben!«

Intuition

Der Philosoph Zhuangzi (365–290 v. Chr.) steht mit seinem Freund Huizi am Ufer des Flusses.

»Schau nur«, sagt er, »wie die Fische springen, sie scheinen sehr fröhlich zu sein.«

»Unsinn«, sagt Huizi. »Woher willst du wissen, was Fischen Spaß macht? Du bist doch kein Fisch.«

Zhuangzi bleibt gelassen. »Nein, ein Fisch bin ich nicht«, sagt er. »Aber du bist auch nicht ich. Woher willst du wissen, dass ich nicht weiß, was den Fischen Spaß macht?«

Grausam

Der Kaiser Liang Juandi (Regierungszeit 552–554) war auf einem Auge blind. Er hatte eine Konkubine, die er sehr liebte. Sie allerdings mochte ihn überhaupt nicht. Um ihn zu demütigen, war sie immer nur zur Hälfte geschminkt, wenn er sie nachts besuchte.

皇帝

Am Anfang war dem Kaiser das gleichgültig und er bemerkte es kaum. Aber eines Tages fragte er doch: »Warum bist du immer nur halb geschminkt, wenn ich zu dir komme?«

»Wozu soll ich mein ganzes Gesicht schminken«, sagte die Dame hochmütig. »Du siehst doch sowieso nur auf einem Auge.«

»Du hast recht«, sagte der Kaiser. »Ich brauche dich nur zur Hälfte. Die andere Hälfte lassen wir wegschneiden.«

Tatsächlich wurde die Konkubine am nächsten Tag hingerichtet.

Der Banküberfall

Kurz vor Ende der Öffnungszeit betritt ein Mann die Bankfiliale, zieht seine Mütze über die Augen, holt eine Pistole heraus und schreit: »Alles hinlegen!«

Alle Angestellten legen sich auf den Boden. Keiner wagt etwas zu sagen, bis plötzlich der Filialleiter ruft: »Fräulein Mai! Das ist ein Banküberfall und kein Picknick! Legen Sie sich bitte ordentlich hin und ziehen Sie den Rock wieder runter!«

Gastfreundschaft

Ein Mann erhält überraschend Besuch von einem alten Freund und lädt ihn zu einer Tasse Tee ein. Zu ihrem Entsetzen stellt seine Frau fest, dass gar kein Tee mehr im Haus ist, und schickt ihren Mann zum Nachbarn, damit er sich Tee leiht. Aber der Nachbar ist nicht zu Hause, und der Mann bleibt länger weg, als die Frau dachte. Das Wasser hat längst gekocht, und um die Peinlichkeit zu überbrücken, gießt die Frau kaltes Wasser nach. Aber nach zehn Minuten ist auch das heiß, und der Mann ist noch immer nicht wieder da. Erneut muss die Frau Wasser nachgießen. Schließlich ist der Wok bis oben voll mit kochendem Wasser. Der Mann kommt zurück, hat aber immer noch keinen Tee. »Macht nichts«, sagt die praktische Hausfrau. »Wenn wir keinen Tee haben, dann lade ihn eben zu einem Bad ein.«

好客

Sprachunterricht

Alle Kinder in der Klasse haben begriffen, was *beizi* bedeutet: »Bettdecke«. Nur der kleine Xiaonin kann das Schriftzeichen nicht lesen.

学

Die Lehrerin versucht ihm zu helfen: »Was liegt denn bei euch auf dem Bett?«

»Das ist das Laken.«

»Sehr schön, und was liegt auf dem Laken?«

»Die Mama.«

»Aha. Und was liegt auf der Mama?«

»Na, der Papa.«

Spiegelbilder

In alter Zeit brachte ein erfolgreicher Geschäftsmann seiner Frau einen Spiegel als Geschenk mit nach Hause. Als er zur Tür hereinkommt, spürt er ein menschliches Bedürfnis und geht eilig auf die Toilette. Seine Frau nimmt den Spiegel, schaut hinein und fängt an zu weinen. »Zwei Jahre sind wir jetzt erst verheiratet«, sagt sie. »Und schon nimmt er sich eine Geliebte.«

Sie nimmt den Spiegel und rennt damit zu ihrer Mutter. Die Mutter schaut in den Spiegel und lächelt. »Mach dir keine Sorgen, mein Kind«, sagt sie. »Du bist ja viel hübscher als die alte Frau hier.«

Inzwischen ist auch der Vater aufmerksam geworden. Er schaut ebenfalls in den Spiegel und sagt: »Ich weiß nicht, was ihr euch so aufregt. Dein Mann wird doch noch einen Buchhalter einstellen dürfen!«

Treues Tier

Herr Wang geht in einen *Chong Wu Dian* (das ist ein Zoogeschäft) und will einen Hund kaufen. Ein kleiner Pekinese hat es ihm angetan, und er verhandelt lange über den Preis. Schließlich zahlt er fünfhundert Yuan. Er will mit seinem Hündchen schon aus der Tür gehen, da fällt ihm noch etwas ein.

忠

»Sagen Sie«, fragt er, »ist der Hund denn auch treu?«

»Und ob«, sagt der Ladenbesitzer. »Ich hab ihn schon vier Mal verkauft, und er ist immer wieder zurückgekommen!«

Guter Arzt

König Jama, der Herr der Finsternis, ist krank, und weil ihm von den Ärzten in der Dunkelwelt keiner helfen kann, schickt er einen Teufel in die Welt der Menschen.

»Hol mir den besten Arzt, den du finden kannst«, sagt er.

»Und wie soll ich ihn erkennen?«, fragt der kleine Teufel.

»Ganz einfach«, sagt König Jama. »Dort, wo du keine Geister von Verstorbenen siehst, dort wohnt bestimmt ein guter Arzt.«

医

Der kleine Teufel macht sich auf den Weg nach Shanghai. Es gibt viele Ärzte, aber überall sieht er Hunderte von Toten, die sich um die Türen der Ärzte drängen und sich über die Behandlung beklagen.

Schließlich, weit draußen in einer Vorstadt, findet der kleine Teufel einen Arzt, bei dem nur ein einziger Geist steht.

Frohgemut geht der Teufel hinein und sagt: »Großer Meister, Ihr müsst meinem Herrn helfen. Ihr seid der berühmteste Arzt dieser Stadt.«

»Ich und berühmt?«, sagt der Arzt. »Das kann gar nicht sein, ich hab doch vor einer Stunde erst meine Praxis eröffnet.«

Redefreiheit

开口

»Du solltest wirklich mal zum Arzt gehen«, sagt die junge Ehefrau zu ihrem Mann. »Du redest die ganze Nacht vor dich hin.«

»Kommt gar nicht in Frage«, erklärt der Beamte. »Wenn ich dann geheilt bin, kann ich den Mund überhaupt nicht mehr aufmachen.«

Delikatessen

Ein Mann, der für sein Leben gern rot-geschmorten Rinderkopf aß, wurde von seinen Freunden gewarnt: »Sieh dich vor, wenn du weiter so viel davon isst, werden die Rinder nach deinem Tod mit dir abrechnen.«

Als nun sein letztes Stündlein schlug und er bewusstlos wurde, brachten ihn die Geister in das Reich Jamas. In der Empfangshalle standen die Teufel Spalier, und direkt neben ihm stand ein Geist mit Ochsenmaul und geschwungenen Stierhörnern.

»Ach herrje«, sagte der Mann und streichelte dem Teufel über die Stirn, »aus dir könnte man einen feinen geschmorten Rinderkopf machen, nicht wahr?«

Da kriegte der Geist einen furchtbaren Schreck, und brachte den Feinschmecker unversehrt in die Welt der Menschen zurück.

Eheliche Liebe

Ein Ehepaar kommt an einen tiefen Brunnen. Auf dem Schild daneben steht: »Schau in den Brunnen und wirf eine Münze hinein!«

Die Frau schaut in den Brunnen, wirft ein *yuan* hinein und lächelt ihren Mann an.

井

Der Mann schaut in den Brunnen, verliert das Gleichgewicht und stürzt in die Tiefe.

»Das hätte ich nicht gedacht«, sagt die Frau, »dass meine Wünsche sich so schnell erfüllen.«

Preisklassen

Herr Dun kommt am Samstag aus dem Büro, da begegnet ihm ein Straßenmädchen. »Na, wie wärs mit uns beiden?«

Herr Dun findet das Mädchen recht sexy, und deshalb fragt er: »Was soll es denn kosten?«

»Zweihundert Yuan«, sagt die Schöne.

»Das ist zu viel«, sagt Herr Dun. »Wie wärs denn mit zwanzig?«

Das Mädchen schüttelt den Kopf. »Dafür such dir mal 'ne andere!«

Am nächsten Tag macht Herr Dun einen Spaziergang mit seiner Frau, und wie es der Zufall will, kommt er wieder an derselben Straßenecke vorbei.

Das Straßenmädchen betrachtet die Frau in ihrem Sonntagskleid und zischt: »Na, für zwanzig Yuan kann man auch nicht mehr erwarten!«

Bargeld lacht

钱

Ein Reicher liegt im Sterben und ruft seine Frau. »Liebe Frau«, sagt er. »Mein ganzes Leben lang hab ich gespart. Wenn ich gestorben bin, sollst du mein Fleisch an den Metzger verkaufen und meine Haut an die Gerberei.«

Damit schließt er die Augen und seine Frau denkt, er sei schon verschieden. Da öffnet er mit letzter Kraft noch einmal den Mund und sagt: »Lass dir auf keinen Fall einen Scheck geben!«

Energieprobleme

Ein frisch vermähltes Paar verbringt seine Flitterwochen auf einer chinesischen Insel.

»Leider haben wir ein kleines Problem«, sagt der Hotelbesitzer. »Jede zweite Stunde fällt hier der Strom aus.«

»Das macht doch nichts«, sagt der Bräutigam zu seiner Angetrauten, als sie allein sind. »Wenn der Strom ausfällt, gehen wir einfach ins Bett und machen Liebe.«

能

Vier Stunden später schleicht sich der Bräutigam noch einmal hinunter. »Können Sie es bitte so einrichten, dass der Strom nur noch jede dritte Stunde ausfällt? Ich geb Ihnen auch fünfzig Yuan extra.«

»Da kommen Sie leider ein bisschen zu spät«, sagt der Mann am Empfang. »Gerade war Ihre Frau da und hat hundert Yuan dafür bezahlt, dass jede halbe Stunde der Strom ausfällt?«

Praktischer Arzt

»Neuerdings habe ich große Verdauungsprobleme«, beschwert sich der Patient. »Wenn ich Gurke esse, kommt hinten Gurke raus. Wenn ich Melone esse, dann kommt Melone raus, und so weiter ...«

屎

»Hm«, sagt der Arzt nach einigem Nachdenken. »Das Beste ist wahrscheinlich, Sie fressen Scheiße!«

Eins und Alles

Drei Studenten zogen zur großen kaiserlichen Abschlussprüfung nach Peking. Unterwegs kamen sie zu einem hohen Berg, auf dem ein Heiliger wohnte.

»Weiser Meister, wer von uns wird die Prüfung bestehen?«

Da hob der Heilige einen Finger.

Die Studenten wagten nicht, weiter zu fragen, und zogen verwirrt ihres Weges. Am Abend kamen sie in ein Kloster. Der Mönch, der sie zu ihrer Kammer führte, wollte wissen, warum sie so bedrückt seien. Da erzählten sie von dem Orakel und fragten, ob er es zu deuten verstünde.

»Nun, das ist doch ganz einfach«, erklärte der Mönch. »Wenn einer von euch besteht, dann bedeutet der Finger, dass einer besteht. Wenn zwei bestehen, dann bedeutet der Finger, dass einer von euch nicht besteht. Wenn alle bestehen oder wenn alle nicht bestehen, dann ist der Finger ein Hinweis auf die Einheit von allem.«

中

Das chinesische Wort (und das taoistische Prinzip) »yi« bedeutet »eins« und »alles«.

Sparsam

Ein Beamter im Außenhandelsministerium, der häufig Geschäftsfreunde zum Essen einlud, hatte sich angewöhnt, die Servietten aus dem Restaurant mit nach Hause zu nehmen.

Bald hatte er eine beträchtliche Sammlung, und seine Frau, die ebenso fleißig wie sparsam war, nähte sich praktische weiße Schlüpfer daraus.

Eines Tages musste sie ins Krankenhaus zur Untersuchung.

»Machen Sie sich bitte frei«, sagte der Arzt. »Und legen Sie sich auf die Liege.«

Die Frau zog ihr Kleid aus, aber weil sie nicht nur fleißig und sparsam, sondern auch keusch war, behielt sie ihr Höschen erst einmal an.

Der Arzt staunte nicht schlecht, als er auf ihrer linken Pobacke las: »Wir wünschen guten Appetit!« und auf der rechten: »Wenn es Ihnen geschmeckt hat, beehren Sie uns bitte wieder!«

Verkehrsprobleme

Zwei Frauen beschweren sich darüber, dass die städtischen Busse immer so überfüllt sind. »Vor einem Jahr herrschte solches Gedränge«, beklagt sich die eine, »dass ich eine Frühgeburt hatte.«

»Das ist ja noch gar nichts«, erklärt die andere. »Bei uns sind die Busse immer so voll, dass ich schon zweimal davon schwanger geworden bin.«

有问题。

Ökonomie

Zwei hochbegabte Volkswirtschaftler gehen im Park der Qing Hua-Universität spazieren. Da stoßen sie auf einen Hundehaufen.

人

»Hör zu«, sagt der eine, der sich über die Theorien des anderen gerade sehr geärgert hat, »wenn du den Hundehaufen da frisst, geb ich dir fünfhundert Millionen.«

Der andere fängt an zu rechnen. Er rechnet und rechnet, aber es führt kein Weg dran vorbei: Das Geschäft lohnt sich. Also frisst er mit Hängen und Würgen den Haufen.

Dem ersten wird es mulmig. Wo soll er jetzt fünfhundert Millionen Yuan hernehmen? Aber er lässt sich nichts anmerken.

Da stoßen sie wieder auf einen Haufen, und der zweite sagt im Hochgefühl seines Reichtums: »Wenn du den Haufen da frisst, geb ich dir auch fünfhundert Millionen!«

Der erste rechnet und rechnet. Aber es bleibt ihm nichts anderes übrig: Er muss den Haufen fressen.

算

Danach ist beiden speiübel. Sie schleppen sich zu ihrem Professor und erzählen ihm die Geschichte. Der fängt an zu strahlen und weint fast vor Glück. »Meine lieben Kinder«, sagt er gerührt. »Ihr habt gerade das Bruttosozialprodukt unseres Landes um eine Milliarde erhöht!«

Das Rendezvous

约会

Wang Yun (137–192), der Gönner der berühmten Sängerin Diaochan, hatte einen jungen Adeligen zum Essen eingeladen. Diaochan schenkte den Herren den Wein ein und spürte bald, dass der junge Mann sie beobachtete. Sie sah ihm kurz in die Augen, und bald wurde der Blickkontakt immer heißer.

Beim Abschied schlug sich Diaochan dreimal mit der Hand an die Stirn und hielt die andere hinter dem Rücken.

Der junge Mann verstand sie recht gut, und als es drei Uhr schlug und alles schlief, schlich er sich durch die Hintertür in den Palast seines Gastgebers.

Bald stand er vor Diaochans Schlafzimmertür, die sich wie durch Zauberhand öffnete. Der junge Mann ging hindurch und fand sich vor zwei weiteren Türen. Auf der einen stand: *verheiratet*, auf der anderen: *ledig*. Er ging durch die zweite. Da stand er abermals vor zwei Türen. Auf der einen stand: *erfahren*, auf der anderen: *unerfahren*. Wieder nahm er die zweite. Und wieder stand er vor zwei Türen. Auf der einen stand: *über fünf Zoll*, auf der anderen: *unter fünf Zoll*. Wieder wählte der heißblütige Verehrer die zweite. Er spürte einen frischen Lufthauch, sah die Sterne über sich funkeln und stand – auf der Straße.

Chinesische Höflichkeit

礼

Im Bus tritt ein Chinese einem Ausländer versehentlich auf die Füße. Sofort gerät er ins Schwitzen. Ich darf meinem Volk keine Schande machen, denkt er und sagt: *I am sorry*.

Der Ausländer ist ebenfalls höflich und sagt: *I am sorry, too*.

Der Chinese will sich nicht überbieten lassen und sagt: *I am sorry, three!*

Der Ausländer ist irritiert und fragt: *What are you sorry for?*

Daraufhin schreit der Chinese verzweifelt: *I am sorry! Five!*

Aus dem Bett gefallen

Eines Tages lag Afanti mit seiner Frau im Bett. Da fing sie an, ihm von den Vorzügen ihres verstorbenen ersten Mannes zu erzählen. Sie redete und redete und hörte nicht auf zu schwärmen.

Schließlich sagte Afanti: »Meine erste Frau war auch eine sehr gute Frau«, und stieß seine Frau aus dem Bett. Die Frau fängt laut an zu schimpfen, so dass die Nachbarn aufmerksam werden und in Afantis Wohnung gerannt kommen. »Was ist los?«, rufen sie. »Was tut deine Frau auf dem Boden? Warum hast du sie aus dem Bett gestoßen?«

»Ich habe sie nicht gestoßen«, sagt Afanti. »Wir haben ganz friedlich im Bett gelegen, aber dann hat sie angefangen, von ihrem ersten Mann zu reden. Er wurde immer größer und schöner. Und da ist mir meine erste Frau eingefallen. Und die wurde auch immer größer und schöner. Und dann war plötzlich kein Platz mehr im Bett. Es hat *plumps!* gemacht und meine Frau lag auf dem Boden.«

Krankheitssymptome

Afanti kommt abends nach Hause und wird von seiner Frau mit großer Zärtlichkeit und Wärme empfangen. Sie setzen sich zu Tisch und die Frau sagt: »Ich habe gehört, unser Nachbar hat Typhus. Was ist das eigentlich für eine Krankheit?«

»Nun, sie ist so ähnlich wie du«, sagt Afanti.

Seine Frau ist beleidigt. »Wie meinst du das?«, fragt sie kühl.

»Siehst du?«, sagt Afanti. »Genauso ist Typhus: Eben noch ist man zärtlich und warm, und im nächsten Augenblick böse und kalt.«

Holz gespart

»Stimmt es eigentlich, dass wir aus Lehm gemacht sind?«, wird Afanti von seiner Frau gefragt.

»Ja, das ist richtig.«

»Und dann hat uns Allah in seinem Feuer gebrannt?«

»Ja, das ist richtig. Dich hat er ganz durch und durch gebrannt.«

»Und dich etwa nicht?«

»Nein, ich bin nur halb gebrannt.«

»Warum hat er dich denn nicht auch ganz gebrannt?«

»Nun, Allah in seiner Weisheit wusste genau, dass du mir jeden Tag Zunder gibst und mir tüchtig einheizt. Da hat er sich gedacht: Soll ihn doch seine Frau richtig ausbrennen, das Feuerholz kann ich mir sparen.«

北

Transparente, Wandinschriften und Parolen

An der Autobahn:

»Es ist verboten, Streifenwagen der Polizei zu stehlen oder zu überfallen!!«

»Wenn ein Mann sich sterilisieren lässt, ist die ganze Familie geehrt.«

Am Bahnhof:

»Wer sich auf die Geleise legt, wird auch dann bestraft, wenn ihn der Zug nicht überfährt.«

西 An der Rathauswand einer Kleinstadt: 东

»Lieber mehr Schweine züchten als Kinder!«

An einem Strommast:

»Dieser Draht enthält kein Kupfer! Wer ihn stiehlt, wird bestraft!«

Im Gefängnishof:

»Unsere Kriminellen werden vom Volk geliebt! Unsere Kriminellen lieben das Volk!«

Vor dem Kernkraftwerk:

»Achtung, 50 000 Volt! Berühren der Kabel ist tödlich! Zuwiderhandlungen werden polizeilich verfolgt.«

南

Vielbeschäftigt

Eines Tages kommt Afanti nach Hause und findet seine Frau krank im Bett. Er fängt laut an zu weinen und jammert.

»Was jammerst du denn?«, fragen die Nachbarn. »Deine Frau hat doch bloß eine Grippe, sie ist doch noch nicht gleich gestorben.«

»Das mag schon sein«, sagt Afanti. «Aber ich bin ein vielbeschäftigter Mann. An dem Tag, wo sie wirklich gestorben ist, hab ich vielleicht keine Zeit, um zu jammern.«

Heiße Nacht

Es ist eine heiße Sommernacht. Afanti und seine Frau haben ihre Schilfmatten zum Schlafen auf das Dach ihres Hauses gebracht.

Mitten in der Nach steht Afanti leise auf und schleicht sich hinunter, weil er seine Geliebte im Garten treffen will.

Kaum ist er verschwunden, wird seine Frau wach und ruft in den Garten: »Afanti, wo bist du?«

»Ich liege unter den Pflaumenbäumen!«

»Und was machst du da?«

»Ich zähle die Früchte!«

»So ein Unsinn! Wer zählt denn im Dunkeln sein Obst?«

»Ich zähle im Dunkeln, weil ich wissen will, ob wir mehr Pflaumen oder mehr Sterne im Garten haben.«

Gleich und gleich gesellt sich gern

笨蛋

Fragt der Lehrer: »Wie viel ist eins und eins?«

»Weiß ich nicht«, sagt der Schüler.

»Du Dummkopf!«, schimpft der Lehrer. »Das hab ich doch schon so oft erklärt. Pass auf, ich stelle die Frage noch einmal anders: Du und ich, wie viele sind das zusammen?«

»Das sind dann zwei Dummköpfe.«

Radikalkur

Der Kaiser ist sehr besorgt: Seine liebste Konkubine ist seit Wochen blass, melancholisch und appetitlos. Er ruft seinen Leibarzt, bittet ihn, seine Konkubine zu heilen, und begibt sich auf eine Reise.

Als er zurückkommt, ist die Konkubine frisch, vergnügt und sehr munter.

»Gratuliere«, sagt er zu seinem Leibarzt. »Sie ist wirklich schöner denn je.«

Der Leibarzt verbeugt sich. »Vielen Dank, Hoheit.«

Aber der Kaiser hat noch eine Frage: »Wer sind die acht blassen, völlig erschöpften und traurigen jungen Männer, die vor ihrem Schlafzimmer liegen?«

»Ach«, sagt der Leibarzt, »das sind nur die Überreste der Therapie.«

Dienstgeschäfte

屁

Du hast gefurzt!«, sagt der Amtsvorsteher zu einem kleinen Beamten.

»Nein«, sagt der kleine Beamte. »Furzen im Dienst kommt für mich nicht in Frage.«

Ein paar Tage später wird er entlassen.

»Wieso bin ich entlassen worden?«, beschwert er sich bei dem Amtsvorsteher.

»Wenn du nicht mal den kleinsten Furz erledigen kannst, können wir dich nicht brauchen.«

Taxi

Kurz nach Mitternacht steht ein nackter Mann an der Straße und winkt. Schließlich hält auch ein Taxi, die Fahrerin kurbelt die Scheibe herunter und starrt den Mann unverblümt an.

»Was ist los?«, brüllt der Nackte. »Hast du noch nie einen nackten Mann gesehen?«

»Das schon«, sagt die Taxifahrerin lächelnd. »Ich hab bloß überlegt, wo du wohl das Geld stecken hast.«

Zivilcourage

Vor dem Supermarkt steht völlig vorschriftswidrig ein BMW auf dem Bürgersteig und versperrt den Passanten den Weg.

Da kommt ein Polizist und schreibt einen Strafzettel. Er will ihn gerade hinter den Scheibenwischer klemmen, als ein schnöseliger junger Mann aus dem Supermarkt kommt.

»Ihr Polizisten könnt immer bloß Strafzettel schreiben. Das ist doch echt lächerlich!«

Der Polizist schreibt noch einen Strafzettel.

»Du bist wirklich ein Langweiler«, sagt der junge Mann und zerreißt beide Zettel. »Warum lässt du den Wagen nicht gleich abschleppen?«

Der Polizist geht zu seinem Streifenwagen und telefoniert. Es dauert kaum fünf Minuten, da steht der Abschleppwagen schon da.

»Schöner Bluff«, höhnt der junge Mann. »Du traust dich ja doch nicht!«

Der Polizist gibt dem Fahrer ein Zeichen und der Abschleppwagen verschwindet mit dem BMW um die Ecke.

»Du bist wirklich ein toller Bursche!«, sagt der junge Mann anerkennend. »Jetzt brauchst du bloß noch zu warten, bis der Polizeipräsident aus dem Supermarkt kommt und wissen will, wo sein BMW ist.«

Gesellschaftliche Erziehung

哭

Eine junge Chinesin hat seit einigen Wochen ein Handy. Eines Tages erhält sie folgende SMS: »Sehr geehrte Kundin, die zahlreichen SMS, die Sie an das andere Geschlecht geschickt haben, gefährden den guten Ruf unserer Telefongesellschaft. Sie werden daher gebeten, sich morgen früh um 8 Uhr mit einem Schreibblock, einem Bleistift und einem Hocker bei der psychologischen Beratungsstelle der Polizei einzufinden und an einem Kurs zur Verbesserung der Sexualmoral teilzunehmen.«

笑

Liebeslohn

Herr Wang studiert mit Interesse die Zeitung. »Unglaublich«, sagt er zu seiner Frau. »Hier steht, dass die Frauen in Südafrika ihren Männern nach jedem Geschlechtsverkehr acht Yuan geben. Da sollte ich doch wirklich gleich einen Flug buchen.«

»Wunderbar«, sagt die Frau, »und ich komme auch mit.«

»Was willst du denn dabei?«, fragt Herr Wang irritiert.

»Na ja«, sagt seine Frau grinsend. »Ich möchte mal sehen, wie du mit sechzehn Yuan im Jahr auskommst.«

八元

Der Aufsatz

牙

Bei der Aufnahmeprüfung zur Universität müssen die Kandidaten einen Aufsatz schreiben. Ein festes Thema ist nicht vorgegeben, es wird aber erwartet, dass die Kandidaten das Leben, den Schmerz, die Mathematik, die Wut und die Ungewissheit behandeln. Die künftigen Studenten beugen sich eifrig über die ausgeteilten DIN-A-4-Blätter und schreiben seitenlange Ergüsse. Nur einer ist nach zwei Minuten fertig und reicht sein Prüfungsblatt ein. Erstaunt liest der Aufsicht führende Lehrer: *Ich wache auf und stelle fest, mir fehlen zwei Zähne. Wer hat das getan?*

Sprengstoff

Der Bodybuilder zieht sein Hemd aus und zeigt seiner neuen Freundin den Bizeps.

»Hier siehst du fünfzig Kilogramm Dynamit«, sagt er.

Schon nestelt er an seiner Hose und zeigt seiner Freundin die kräftigen Schenkel. »Und hier siehst du hundert Kilogramm Dynamit.«

Als er auch noch die Unterhose auszieht, rennt seine Freundin schreiend davon.

»Was ist los?«, ruft er hinter ihr her.

»Das mit dem Dynamit ist ja schön und gut«, sagt die Freundin. »Aber die Zündschnur ist viel zu kurz.«

Das Gespenst

In einem Studentenwohnheim der Universität Shanghai spukt der Geist einer Studentin, die sich vor Jahren selbst umgebracht hat.

Eine junge Medizinerin sitzt in ihrem Zimmer und lernt. Da erscheint das Gespenst hinter ihr. »Schwester«, ruft es, »ach, Schwester, hast du denn gar kein Mitleid mit mir?«

Die Medizinerin reagiert nicht.

»Schwester, ach, Schwester, schau nur, ich hab keine Füße!«

Die Medizinerin reagiert nicht.

»Schwester, ach, Schwester, schau nur, ich hab keinen Kopf!«

Da dreht sich die Medizinerin um. »Das ist ja noch gar nichts«, sagt sie bekümmert. »Schau mich an! Ich hab keinen Busen!«

Hygiene

Das Gesundheitsamt der Stadt Nanchang gibt bekannt: »Trotz der anhaltenden SARS-Gefahr wird es nicht mehr empfohlen, außerhalb der Wohnung einen Mundschutz zu tragen. Wie wir soeben erfahren, befindet die Lunge sich in der Brust.«

Physik

Im Unterricht erklärt der Lehrer die Prinzipien von Wellen, Vibration und Resonanz. Um die Sache anschaulicher zu machen, fragt er: »Was passiert, wenn ich einen Stein in den Teich werfe?«

Wie aus einem Mund kommt die Antwort: »Dann zahlen Sie fünf Yuan Strafe, Herr Lehrer!«

Trinkgenuss

假

Ein Bauer kauft ein Unkrautvertilgungsmittel, um seine Ernte zu verbessern. Als er nach Hause kommt, macht ihm seine Frau heftige Vorwürfe wegen der unnützen Ausgabe. Sie geraten so heftig in Streit, dass die Frau am Ende die Flasche mit dem Pflanzenschutzmittel nimmt und vollkommen austrinkt.

Voller Schrecken fährt sie der Bauer ins Krankenhaus. Aber, oh Wunder, das Gift hat ihr nicht im geringsten geschadet! Überglücklich fährt der Bauer wieder mit ihr nach Hause und macht zur Feier des Tages eine Flasche chinesischen Schnaps auf.

Das Ehepaar hat die Feier nicht überlebt.

Die 4 Mehr in Peking

Frage:

Wie erkennt man, ob es eine SARS-Epidemie gibt?

Antwort:

Es trinken mehr Leute Medikamente als Frühstückstee.

Es sind mehr Leute in Quarantäne, als zu Hause herumjammern.

Die Leute zittern mehr, wenn jemand hustet oder niest, als wenn sie nachts durch dunkle Straßen müssen.

Es tragen mehr Leute einen Mundschutz als einen BH.

Autopreise

Ein Bauer kommt zur VW-Vertretung, legt 2000 Yuan auf den Tisch und sagt, er will einen *Santana*. »Sehr gern«, sagt der Verkäufer, »aber dein Geld wird nicht ganz reichen.«

天

»Wieso, da steht doch: *Santana 2000*.«

Der Verkäufer betrachtet das Plakat und sieht: Der Bauer hat recht. »Ach, weißt du«, sagt er, »geh lieber um die Ecke zu meinem Kollegen, da gibt's den Mercedes 600.«

Alte Gewohnheit

Ein Infanterist kommt aus dem Krieg zurück. Er hat viele Schlachten überlebt und trägt zahlreiche Orden. Seinem Freund fällt es nicht schwer, ihm ein Rendezvous zu vermitteln. Vorher gibt er ihm allerdings noch Instruktionen.

兵

»Wenn sie ins Auto steigt, musst du ihr die Tür aufhalten.«

»In Ordnung.«

»Wenn sie spricht, musst du ihr freundlich zuhören.«

»Wird gemacht.«

»Du musst ihr jeden Wunsch erfüllen, wenn sie etwas braucht.«

»Alles klar.«

Am nächsten Morgen trifft der Freund den Veteranen wieder. »Nun, wie ist es gegangen? Habt ihr Spaß miteinander gehabt?«

»Leider nein. Die Lage ist hoffnungslos.«

»Aber warum denn? Hast du ihr die Autotür aufgehalten?«

»Ja, hab ich gemacht.«

»Und dann? Habt ihr miteinander geredet?«

»Ja, ich habe brav zugehört, obwohl sie ziemlich viel Unsinn gesagt hat.«

»Hast du ihr dabei in den Ausschnitt geschaut?«

»Nein, immer nur in die Augen.«

»Ja, was ist denn dann schief gegangen?«

»Wir sind zu ihr in die Wohnung gegangen, sie hat gesagt, sie hat Durst und hat mich in die Küche geschickt.«

»Aber das ist doch sehr gut.«

»Ja, aber im Kühlschrank sind nur Getränkedosen gewesen.«

»Na und? Wo ist das Problem?«

»Als ich wieder im Wohnzimmer war, hab ich den Ring abgerissen, ihr das Ding in den Schoß geschmissen und mich auf den Boden geworfen.«

Süßigkeiten

Aufgrund eines anonymen Anrufs umstellt die Polizei das Vergnügungsviertel, verhaftet über hundert Prostituierte und beginnt, die Personalien aufzunehmen. Die Schlange reicht vom Polizeirevier bis auf die Straße hinaus.

Da kommt ein altes Mütterchen vorbei und fragt: »Sag, meine Tochter, wonach steht ihr hier an?«

Das Freudenmädchen ist schon sehr müde und sagt: »Da drin gibt's Bonbons.«

糖

Da beschließt die alte Dame, sich ebenfalls anzustellen. Als sie schließlich an der Reihe ist, hebt der Polizist vor lauter Eifer gar nicht den Kopf.

»Name?«, fragt er.

»Li Juen.«

»Alter?«

»Fünfundsiebzig.«

Der Polizist stutzt und blickt auf.

»Du bist schon so alt und . . .«

»Was hat das mit meinem Alter zu tun? Auch wenn ich keine Zähne mehr habe, kann ich doch immer noch lutschen!«

Kein Analphabet

字

Ein Schriftsteller wird zum Militär eingezogen. Als erstes fragt ihn der Spieß: »Was hast du für eine Ausbildung?«

»Ich war auf der Grundschule«, sagt der Schriftsteller, »dann auf der Höheren Schule und an der Universität hab ich drei Diplome erhalten.«

Der Spieß macht auf das Formular einen Stempel: *Kann lesen*.

Evolution

Ein junger Mann und ein junges Mädchen, die sich bei der Arbeit kennen gelernt haben, kommen in die Verlegenheit, auf einer Dienstreise ein Hotelzimmer teilen zu müssen. Die junge Frau macht mit ihrem Lippenstift einen dicken Strich auf das Laken des schmalen Bettes und sagt: »Wer diesen Strich überschreitet, der ist ein Schwein.«

Tatsächlich wagt der junge Mann nicht, die Grenze zu überschreiten. Aber am nächsten Morgen bittet er die Angebetete schüchtern um einen Kuss.

»Bist du verrückt?«, sagt sie. »Warum soll ich dich küssen, du bist ja noch nicht mal ein Schwein.«

Hygiene

笑

Ein reicher Mann sucht ein Hausmädchen. Natürlich will er nicht viel Geld ausgeben und lässt lauter Anfängerinnen vom Land kommen. Die Kandidatinnen brauchen nur einen einfachen Test zu bestehen: Ihr künftiger Arbeitgeber schickt sie auf die Toilette.

Die erste geht hinaus, man hört es rieseln, dann rauschen, dann kommt die Kandidatin zurück. Durchgefallen.

Der zweiten geht es genauso.

Erst bei der fünften ist alles richtig. Sie hat sich die Hände gewaschen, und deshalb kriegt sie den Job.

Zwei Wochen später allerdings hat der reiche Mann trotzdem Grund, sich zu beschweren. »Du hast dir nicht die Hände gewaschen«, sagt er, als das Mädchen den Reis auf den Tisch stellt.

»Das war nicht nötig, Herr«, sagt das Dienstmädchen stolz. »Heute hatte ich zum ersten Mal Klopapier mit.«

Rosskur

Frage:

Warum ist SARS stärker als die Partei?

Antwort:

SARS hat sowohl das Prassen und Saufen als auch die Lustreisen auf Staatskosten und obendrein noch die Prostitution abgeschafft.

好

Falsche Türen

Ein Inspektor aus Peking will sich von den Fortschritten bei den Patienten einer Irrenanstalt überzeugen. Er lässt sie auf den Hof führen, wo eine falsche Tür auf die Außenmauer gemalt ist. Sofort stürmen alle Patienten los und schlagen prompt mit dem Kopf an die Mauer.

Nur einer hat sich zurückgehalten und ist stehen geblieben. Der Inspektor geht zu ihm hin und fragt freundlich: »Na, willst du den anderen nicht helfen, die Tür aufzubrechen?«

»Aber wieso denn?«, lächelt der Patient und klopft sich auf die Tasche. »Ich hab doch den Schlüssel.«

Weitblick

Beim Schießen stellt der Ausbilder fest, dass ein Rekrut offensichtlich fast blind ist.

»Du meine Güte«, sagt er, »wie bist du mit deiner Kurzsichtigkeit bloß durch den Sehtest gekommen?«

»Ach, wissen Sie«, sagt der Rekrut, »ich habe ein gutes Gedächtnis.«

»Und das hilft beim Sehtest?«

»Na klar: Ich kannte die Tafeln, die der Arzt mir gezeigt hat, allesamt auswendig!«

Shopping

Die Schlange, die Ameise, die Spinne und der Tausendfüßler sitzen zusammen im Wohnzimmer und spielen Mah-Jongg. Nach acht Runden sind die Zigaretten alle, und sie beraten, wer zum Kiosk gehen soll, um neue zu kaufen.

»Ich gehe nicht«, sagt die Schlange, »ich hab keine Beine.«

»Ich gehe auch nicht«, sagt die Ameise, »die Spinne soll gehen, die hat zwei Beine mehr.«

»Nö«, sagt die Spinne, »der Tausendfüßler soll gehen. Der hat die meisten Beine.«

烟

Der Tausendfüßler weiß nichts zu erwidern und macht sich auf den Weg.

Nach zwei Stunden werden die anderen langsam ungeduldig. Die Spinne wird losgeschickt, um nach dem Boten Ausschau zu halten.

Sie findet den Tausendfüßler im Flur. »Du bist ja noch gar nicht losgegangen«, stellt sie empört fest.

Da wird der Tausendfüßler wütend. »Wenn ich schon für euch einkaufen soll, müsst ihr mir wenigstens Zeit lassen, bis ich meine Schuhe anhab!«

Chinesische Höflichkeit II

Heute müsst ihr alle besonders höflich sein«, sagt der Oberkellner zu seinen Kollegen.

饭

»Warum?«, fragt ein junger Kellner. »Kommt eine wichtige Persönlichkeit zum Essen?«

»Nein«, sagt der Oberkellner. »Eben ist der Reis angebrannt.«

Ein Held des Volkes

Dong Chunri (1929–48) ist ein Held der chinesischen Revolution. Ganz allein hat er im Bürgerkrieg eine strategisch wichtige Brücke gesprengt, die der Kuomintang diente. Leider ist er dabei selbst auch gestorben, denn er musste den Sprengstoff persönlich ins Ziel tragen.

英雄

Bei einer Gedenkveranstaltung, an der auch Mao Zedong und Zhou Enlai teilnehmen werden, soll die Mutter des toten Helden ein paar Worte sagen.

Sie sei doch nur eine einfache Bäuerin, wehrt sich die alte Dame, sie könne vor so einer großen Versammlung nicht sprechen.

»Keine Sorge«, erklärt der Veranstalter. »Es ist ganz einfach. Du sagst: *Dong Chunri ist mein Sohn*. Dann klatschen die Leute und du sagst: *Dong Chunri ist ein Sohn des chinesischen Volkes*. Dann klatschen die Leute noch mehr und du sagst: *Dong Chunri ist ein Sohn des Großen Vorsitzenden Mao*. Dann nimmt der Beifall kein Ende.«

祖国

Die Bäuerin lässt sich überreden. Aber als sie schließlich ans Mikrofon tritt und die gewaltige Versammlung und den Großen Vorsitzenden sieht, vergisst sie alles, was sie sich gemerkt hat.

»Dong Chunri ist mein Sohn und der des Vorsitzenden Mao«, erklärt sie mit fester Stimme.

Mühsam unterdrücken die Leute ihr Kichern und in die plötzliche Stille hinein hört man Mao seinen alten Kampfgenossen fragen: »Sag mal, Enlai, waren wir beim Langen Marsch überhaupt im Dorf dieser Frau?«

Lange Kerls

Friedrich der Große legte Wert darauf, dass die Angehörigen seiner Leibgarde nicht nur von großer Statur waren, sondern auch anständig Deutsch konnten. Es war aber nicht immer einfach, genügend Rekruten zu finden, und so hatten die Werber begonnen, auch Ausländer anzuwerben. Da der König immer dieselben drei Fragen stellte, war auch der »Deutschtest« nicht allzu schwer. Der Unteroffizier hatte genügend Zeit, seine Leute vorzubereiten.

Eines Tages entdeckt der König einen wahren Riesen in seiner Truppe, allerdings hat der eindeutig mongolische Züge. Selbst einigermaßen verwirrt, verändert der König versehentlich die Reihenfolge der Fragen.

»Wie lange ist Er schon bei der Garde?«, fragt er.

Der Mongole, der glaubt, nach seinem Alter gefragt zu werden, erwidert: »Zwanzig Jahre, mein König.«

»Und wie alt ist Er dann?«, fragt Friedrich erstaunt.

»Gerade sechs Monate«, erwidert der Sohn der Steppe.

Jetzt wird es dem König zu viel. »Er hält mich wohl für einen Idioten?«

»Jawoll, Majestät, und die Verpflegung ist auch ganz ausgezeichnet«, kommt es wie aus der Pistole geschossen.

国
王

Wettkampf

In Pyeongyang finden die internationalen Polizeifestspiele statt. Höhepunkt ist ein Wettbewerb, bei dem eine Maus in den Wald geschickt wird. Sieger ist, wer die Maus am schnellsten zurückbringt.

Die Chinesen belegen den vierten Platz. Sie setzen die »Menschenmeer«-Strategie ein, schicken zehntausend Polizisten los und brauchen vier Tage.

Den dritten Platz belegen die Russen. Sie verhören die Verwandten der Maus und brauchen zwei Tage.

Den zweiten Platz belegen die Amerikaner. Sie benutzen Infrarotsensoren und GPS und brauchen zwölf Stunden.

Die Nordkoreaner schicken bloß einen Mann los. Der kommt nach zwei Stunden zurück und hat einen Bären dabei. Sieger werden die Koreaner aber trotzdem, denn das Schiedsrichterteam stammt komplett aus Pyeongyang.

Schwarzweiß

Der Pandabär liegt im Sterben. Da fragt ihn der Wärter: »Können wir noch etwas für dich tun?«

Der Pandabär denkt ein Weile nach. Schließlich sagt er: »Ja, *einen* Wunsch hätte ich schon!«

»Sprich!«, sagt der Wärter. »Wir werden alles tun, was du willst.«

»Ja«, sagt der Pandabär mit einem verträumten Lächeln. »*Einmal* im Leben möcht ich ein *Farbfoto* von mir sehen!«

Der Lehrmeister

Ein Schüler hat beständig schlechte Noten, deshalb geht seine Mutter mit ihm zum Tempel, wirft sich zu Boden und betet, dass Konfuzius ihrem Sohn etwas beibringt.

Drei Tage später kommen die Zeugnisse. Im Englischen hat der Sohn eine glatte Sechs.

»Nun ja«, seufzt die Mutter, »man kann Konfuzius keine Vorwürfe machen. Englisch hat er wohl selbst nicht gekonnt.«

Betrogene Betrüger

Ein Mann hatte zwei Raben gefangen und wollte sie gerne zu Geld machen. Aber wer kauft schon Raben? Also griff der Mann zu einer List. Er sperrte die Raben in einen Korb und setzte zwei schöne schwarze Hennen darauf. Dann ging er auf den Markt und fing laut an zu schreien: »Raben zu verkaufen! Schöne Raben zu verkaufen! Das Stück nur zehn Yuan!«

Die Leute sahen ihm zu und dachten: »Der ist ja nicht recht gescheit! Verkauft schöne fette Hühner, die Eier legen, für zehn Yuan!«

Schnell gab ihm einer das Geld und wollte schon nach den Hühnern greifen, aber die hielt der Rabenmann fest. »Lass meine Hühner in Frieden!«, sagte er, während er den Geldschein wegsteckte, den Korb aufmachte und die Raben herausließ. »Kannst du Raben und Hühner nicht unterscheiden?«

Schwierigkeiten der Pädagogik

Die junge Lehrerin hat einen Apfel an die Tafel gemalt und fragt die Schulkinder, was sie da sehen.

»Das ist ein Popo!«, rufen die Kinder.

Die Lehrerin fängt an zu weinen und läuft zum Direktor.

Der ist ein gutmütiger Mann und begleitet die junge Frau zurück in die Klasse. »Ihr seid wirklich sehr böse!«, sagt er. »Warum habt ihr eure Lehrerin so zum Weinen gebracht?« Dann dreht er sich um und wird rot. »Das ist ja wirklich die Höhe! Wer hat den Arsch auf die Tafel gemalt?«

Gefahren des Ehelebens

Ein alter General hat sein Leben lang auf dem Schlachtfeld gekämpft. Zur Belohnung gibt ihm der Kaiser seine jüngste Tochter zur Frau.

In der Hochzeitsnacht hat der General gerade sein altes Gewehr in Anschlag gebracht, da entfährt der Prinzessin ein zärtlicher Furz. Der General verliert seine Erektion.

喜喜

»Aber, mein General, warum schreiten Sie nicht zur Attacke?«, fragt die Prinzessin.

»Ach, meine Schöne, ich habe gerade Kanonendonner gehört und will nicht in einen Hinterhalt laufen.«

Marketing

买卖

Zu Beginn des Winters stellt ein Hosenfabrikant fest, dass er noch 200 unverkaufte Sommerhosen am Lager hat, und ruft seinen Verkaufsleiter. »Was sollen wir tun?«, fragt er.

»Kein Problem«, sagt der Verkaufsleiter. »Die Hosen schicken wir in die Provinz Jiangxi, die sind mit der Mode immer weit hinterher.«

»Und wenn sie die Hosen nicht wollen?«

»Alles eine Frage von Marketing«, sagt der Verkaufsleiter. »Wir setzen die Preise von zehn auf zwanzig Yuan herauf. Dann packen wir jeweils zehn Hosen in die Pakete und stellen eine Rechnung für fünf. Wetten, dass sich keiner beschwert?«

Gesagt, getan. Aber eine Woche später steht der Hosenfabrikant wieder vor seinem Verkaufsleiter. Diesmal ist er nicht ratlos, sondern zornrot. »Du elender Dummkopf! Was hast du getan? Sämtliche Pakete sind aus Jiangxi zurückgekommen, aber statt zehn Hosen waren immer bloß fünf drin!«

Gerechter Lohn

»He, warum bezahlst du deine Rechnung nicht?«, fragt der Wahrsager. »Deine Prophezeiung hast du doch erhalten.«

»Deine Prophezeiung ist falsch«, sagt der Kunde.

»Woher willst du das wissen?«

»Wenn du ein guter Wahrsager wärst, hättest du gleich gewusst, dass ich kein Geld habe.«

Preiswert

中国

Ein Mann stellt fest, dass sein Gehör nicht mehr so gut ist wie früher, und geht in einen Laden, der Hörgeräte verkauft. Im wesentlichen gibt es zwei Modelle: ein sehr kleines deutsches Gerät, das praktisch unsichtbar ist, aber 5000 Yuan kostet, und ein sehr klobiges Modell aus China, das zwanzig Yuan kostet.

»Welches würden Sie mir denn empfehlen?«, fragt er den Verkäufer.

»Nun«, sagt der Mann vorsichtig. »Das deutsche Gerät ist technisch sehr ausgefeilt. Aber hören tun Sie mit dem chinesischen besser.«

»Wie kommt das?«, fragt der Mann einigermaßen erstaunt.

»Na ja«, sagt der Verkäufer. »Wenn die Leute sehen, dass Sie ein chinesisches Hörgerät haben, fangen sie gleich an zu schreien.«

德国

Die Rettung

外语

Eine Ratte spielt mit ihrem Töchterchen in der Küche. Da kommt plötzlich die Katze. Die Ratten laufen davon, aber noch weit vor dem Loch droht die Katze sie einzuholen. Da dreht die kleine Ratte sich um und ruft mit tiefer Stimme: »Wau! Wau!«

Die Katze erschrickt und dreht ab.

»Gut gemacht!«, sagt die alte Ratte, als sie endlich in Sicherheit sind.

»Tja«, sagt die kleine Ratte, »es lohnt sich schon, wenn man Fremdsprachen kann.«

Vom Kreislauf der Dinge

Ein Japaner geht in Shanghai ins Restaurant und verzehrt einen Hummer. Der Kellner räumt das Geschirr ab und fragt, ob es dem Japaner geschmeckt hat. »Danke, sehr gut«, sagt der Gast. »Sagen Sie, guter Mann, was machen Sie mit den Hummerschalen?«

»Na, die schmeißen wir weg.«

»Ach, wie dumm«, sagt der Japaner. »In Japan bringen wir die in eine Fabrik. Die macht daraus Shrimps-Cracker und die werden nach China verkauft.«

Zum Reinigen der Hände erhält der Gast eine Schale mit warmem Wasser und eine Zitrone. Nachdem er sich gesäubert hat, fragt der Japaner: »Und was machen Sie mit der Zitronenschale?«

»Na, die schmeißen wir weg.«

»Ach, wie dumm«, sagt der Japaner. »In Japan bringen wir die in eine Fabrik. Die macht kandierte Früchte daraus, und die werden nach China verkauft.«

Zusammen mit der Rechnung erhält der Gast einen Kaugummi zur Erfrischung des Atems. »Und was machen Sie mit den gebrauchten Kaugummis?«, fragt der Japaner.

»Na, die schmeißen wir weg.«

»Ach, wie dumm«, sagt der Japaner. »In Japan bringen wir die in eine Fabrik. Die macht aus dem Gummi Kondome, und die werden nach China verkauft.«

»Das ist ja interessant«, sagt der Kellner. »Und was machen Sie in Japan mit den gebrauchten Kondomen?«

»Na, die schmeißen wir weg.«

»Da ist ja interessant«, sagt der Kellner. »In China bringen wir die in eine Fabrik, und die machen Kaugummis für die Japaner daraus.«

Kunstbetrachtung

海

Ein junger Maler ist sehr berühmt für seine Gemälde zum Thema »Sturm auf dem Meer«. Endlich soll er eine große Einzelausstellung zusammenstellen. Er bittet seine neue Freundin, ihm bei der Auswahl der Bilder zu helfen. Schweigend betrachtet die junge Frau ein Bild nach dem anderen und schüttelt bedauernd den Kopf.

Schließlich hält der Künstler es nicht mehr aus. »Was ist?«, fragt er. »Gefallen die Bilder dir nicht?«

»Doch, doch«, sagt das Mädchen. »Die Bilder sind wunderbar. Mir tut nur so leid, dass du immer solches Pech mit dem Wetter gehabt hast.«

Devolution

Als Gott wieder einmal sehr unzufrieden mit der Menschheit war, drehte er die Zeit 5 000 000 Jahre zurück und überließ die Welt den Tieren. Er betrachtete die Urwälder, Seen und Flüsse und sah, dass es gut war. Dennoch fragte er, bevor er sich zum Gehen wandte: »Habt ihr noch einen Wunsch?«

»Ja«, sagten die Zebras und zeigten zum Waldrand. »Könntest du bitte die Affen mitnehmen?«

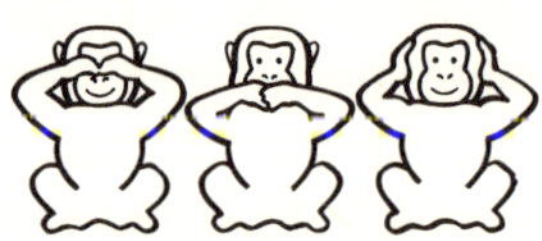

Die Prognose

In der Provinz Shanxi herrscht eine schreckliche Dürre. Ein Bauer fährt zu einem Wahrsager in die Stadt und fragt: »Meister, wann wird es regnen?«

Der Wahrsager nimmt dem Bäuerchen fünfzig Yuan ab und gibt ihm einen zusammengeklebten Zettel. »Darin steht die Antwort«, sagt er. »Aber Ihr dürft den Zettel erst öffnen, wenn es regnet.«

Der Bauer ist es zufrieden und fährt nach Hause. Kaum hat er seinen Hof erreicht, da fallen ihm die ersten Tropfen auch schon auf die Nase. Eilig reißt er den Zettel auf und liest die Prophezeiung des Wahrsagers: »Heute wird es regnen«, steht da.

»Wirklich ein kluger Mann«, denkt der Bauer und freut sich, dass er in der Stadt war.

Freuden der Heilkunst

Ein Arzt hatte einen Patienten zu Tode gepflegt und wurde von den Angehörigen gefesselt zum Richter gebracht. In der Nacht vor der Verhandlung gelang es ihm, sich zu befreien. Er schwamm durch den Fluss und rannte nach Hause.

逃

Dort fand er seinen kleinen Sohn beim Studium eines medizinischen Handbuchs. »Leg das Buch weg«, sagte er. »Lesen lernen kannst du noch später, erst lernst du besser mal schwimmen.«

Der Tod des Kaisers

Ein blutrünstiger, tyrannischer Kaiser lässt einen Wahrsager kommen. »Sag mir, an welchem Tag werde ich sterben? Wenn du es weißt, will ich dich reich belohnen, sonst wird dir der Kopf abgehackt.«

Der Wahrsager denkt lange nach. Schließlich sagt er: »Das genaue Datum kenne ich nicht, aber Ihr werdet an einem Feiertag sterben, das kann ich Euch sagen.«

»Woher willst du wissen, dass es sich um einen Feiertag handelt, wenn du das genaue Datum nicht kennst?«, fragt der Kaiser.

»Oh, ganz einfach«, erläutert der Wahrsager. »Wenn Ihr sterbt, wird das immer ein Feiertag für das chinesische Volk sein.«

Weisheit

Ein Student kam zu seinem Professor, einem würdigen Herrn mit schlohweißem Haar.

»Herr Professor«, fragt der Student, »haben Sie *Krieg und Frieden* von Anfang bis Ende gelesen?«

Der Professor überlegt lange. Schließlich sagt er: »Jeder kluge Mann sollte *Krieg und Frieden* vor seinem Tod gelesen haben. Aber damit ich noch ein bisschen länger lebe, habe ich vorsichtshalber mit der Lektüre noch gar nicht begonnen.«

Komplimente

Bei einem Treffen mit ihren Freundinnen wird eine junge Frau lebhaft bedauert, weil sie mit achtundzwanzig immer noch unverheiratet ist.

»Ich verstehe es selbst nicht«, sagt sie. »Ich sehe doch gar nicht so übel aus.«

未婚

»Das stimmt«, sagen die Freundinnen. »Aber du musst aufhören mit deinem ewigen Feminismus. Mach den Männern ein paar Komplimente. Dann wirst du schon sehen.«

Auf der Heimfahrt beschließt die junge Frau, das Gehörte gleich in die Tat umzusetzen. Sie steigt ins Taxi und sagt zum Chauffeur: »Ach, Herr Taxifahrer, Sie haben wirklich ein schönes Profil.«

Da dreht der Taxifahrer sich um. »Hören Sie, Fräulein«, sagt er voller Empörung. »Wenn Sie Ihr Geld vergessen haben, können Sie gleich wieder aussteigen!«

Der Verfolger

吹牛

Das tut mir aber leid«, sagt Zhang Hui zu seinem Freund, »dass du beim Wettrennen letzter geworden bist.«

»Von wegen letzter«, prahlt Li Lu zufrieden. »Hast du nicht gesehen, wie die anderen sieben vor mir weggelaufen sind?«

Rauschzustände

Ein Engländer, ein Russe und ein Chinese streiten sich, wer den besten Schnaps produziert. »Hören wir auf zu streiten«, sagt der Chinese. »Machen wir doch eine Probe.« Die anderen willigen ein.

Als erstes kippt der Engländer einen Schluck Whisky auf den Boden. Eine Ratte kommt aus ihrem Loch, leckt den Whisky auf und fällt um.

烧酒

Der Russe nickt, kippt einen Schluck Wodka auf den Boden und schnalzt mit der Zunge. Eine Ratte kommt aus ihrem Loch, schnuppert kurz an dem Wodka und fällt auf die Nase.

»Nicht schlecht«, sagt der Chinese, kippt einen Schluck Erwotou auf den Boden und klatscht in die Hände. Eine Ratte kommt aus ihrem Loch, leckt an der Flüssigkeit und huscht zurück in ihr Loch.

»Das war ja wohl nichts«, sagt der Russe, und der Engländer schüttelt den Kopf.

»Wartet ab«, sagt der Chinese, und in diesem Augenblick kommt die Ratte zurück. Sie geht auf zwei Beinen, schwingt einen Knüppel und schreit: »Wo ist die Katze?«

King Kong

金刚

Ein stark behaarter Mann stürmt in ein bescheidenes Haus am Rande der Kreisstadt. »Ist hier der Tierschutzverein?«

»Ja«, sagt der Diensthabende. »Wer hat dich schlecht behandelt?«

Existenzielle Frage

Ein Mann ist im Treppenhaus hingefallen. Rasch steht er wieder auf und schaut sich verlegen um. Zum Glück hat ihn niemand gesehen.

忘

Trotzdem hat er ein großes Problem: »War ich jetzt auf dem Weg nach oben« – fragt er sich – »oder nach unten?«

Wissenschaftliches Ethos

Am Biologischen Institut der Universität Shanghai herrscht große Aufregung. Ein junger Assistent soll mit seinen Studenten zum ersten Mal ein Praktikum durchführen. Sie sollen sich tagelang in der freien Natur bewegen und Pflanzen bestimmen.

»Herr Professor«, fragt der Assistent seinen akademischen Lehrer. »Wenn wir nun auf eine Pflanze stoßen, die ich nicht kenne, was soll ich dann tun?«

»Ganz einfach«, sagt der Professor. »Das Wichtigste ist, dass Sie immer ganz vorn gehen, und wenn Sie eine unbekannte Pflanze entdecken, treten Sie mit dem Fuß drauf, ehe die anderen sie sehen.«

Prüfungen

»Schau mal an«, sagt eine Dozentin, »hier steht eine Heiratsanzeige. Junger Mann sucht akademisch gebildete Frau ...«

急

»Interessant«, sagt das Erstsemester. »Wie sieht er denn aus? Ist ein Foto dabei?«

»Interessant«, sagt die Aspirantin. »Steht dabei, was er verdient?«

»Interessant«, sagt die Doktorandin. »Wo kann ich ihn finden?«

Verräterischer Vergleich

男

Das männliche Glied heißt in der chinesischen Umgangssprache *ji ji (Hühnchen)*. Ein junger Ehemann ist sich nach der Hochzeitsnacht nicht ganz sicher, ob seine Braut wirklich noch Jungfrau gewesen ist. Deshalb zeigt er auf seinen Schwanz und fragt: »Wie nennst du das, *bao bei (Schätzchen)?*«

»Das ist ein *ji ji*.«

女

Der Mann ist zufrieden. »Gut«, sagt er. »Für mich ist das mein bester Freund.«

»Ach was«, lacht die junge Frau. »Deinen besten Freund hab ich schon gesehen. Bei dem ist er viel größer!«

Tragisches Ende

Ein Strafgefangener war zu zwölf Jahren Gefängnis verurteilt. Jeden Tag saß er auf seiner Pritsche und langweilte sich. Eines Tages entdeckte er eine Ameise in seiner Zelle. Aus lauter Langeweile begann er mit dem Tierchen zu reden und stellte bald fest, dass ihn die Ameise sehr gut verstand. So begann er sie zu dressieren. Er lehrte sie Purzelbäume und Kopfstand, und an manchen Tagen machte sie sogar einen doppelten Salto.

So verging die Zeit wie im Fluge, und der Gefangene wurde entlassen. Als erstes ging er in seine Stammkneipe, und seine Ameise nahm er mit. Er konnte es gar nicht erwarten, sie den Leuten zu zeigen.

蚂
蚁

Er bestellte ein Bier und setzte die Ameise auf den Tisch.

»Sehen Sie die Ameise da?«, fragte er, als der Kellner das Bier brachte.

»Bitte entschuldigen Sie«, sagte der Kellner und schlug die Ameise tot.

Staatsbesuch

»Was halten Sie von der Französischen Revolution?«, soll Henry Kissinger Anfang der siebziger Jahre bei einem Besuch in China gefragt haben.

Premierminister Zhou Enlai hielt sich bedeckt. »Es ist noch zu früh für ein Urteil«, beschied er den Staatsgast.

Ein Mann erzählt aus seinem Leben

Als ich noch studiert habe, lernte ich eine junge Frau kennen und fragte: »Willst du mit mir gehen?« Da sagte sie: »Wenn du mich immer ins Kino und zum Essen einladen kannst.« Leider reichte mein Stipendium nur für die Uni.

爱

Als ich mein Examen hatte, lernte ich eine junge Frau kennen und fragte: »Willst du mit mir gehen?« Da sagte sie: »Wenn du dreitausend im Monat verdienst.«

»Leider habe ich nur zweitausend«, sagte ich.

»Wenn du Zeit hast, immer mit mir spazieren zu gehen und dich mit mir zu unterhalten, dann geht's auch mit zweitausend.« Leider musste ich so viele Überstunden machen, dass ich nie Zeit hatte.

Als ich dreißig war, lernte ich eine junge Frau kennen und fragte: »Willst du mit mir gehen?« Da sagte sie: »Wenn du eine Eigentumswohnung hast.« Leider hatte ich keine.

Als ich fünfunddreißig war, sagten alle jungen Frauen: »Du bist schon zu alt.« Da bin ich jede Woche einmal mit meinem *Santana* zu den Straßenmädchen am Außenring gefahren.

Als ich fünfzig war, lernte ich endlich wieder eine junge Frau kennen und fragte: »Willst du mit mir gehen?« Da sagte sie: »Wenn du garantierst, dass du Hodenkrebs und Diabetes hast, lässt sich darüber reden.« Da konnte ich endlich ja sagen.

欲

Pauschaltouristen

Beschwert sich ein Gast: »Das ist ja ein schauderhaftes Hotel! Als ich heute Nacht mal auf die Toilette musste, hab ich die Ratten kämpfen sehen!«

»Na, was erwarten Sie bei dem Preis?«, sagt die Reiseleiterin. »Einen Stierkampf?«

Handwerkerpech

Auf dem Heimweg muss die sportliche junge Frau durch eine schlecht beleuchtete Straße. Da kommt ihr ein junger Mann mit weit ausgebreiteten Armen entgegen.

Sie geht sofort in die Offensive. »Hau ab, du Schwein!« schreit sie und tritt ihm zwischen die Beine.

»Oh, verflucht«, sagt der junge Mann. »Irgendwann muss ich die Scheibe doch liefern!«

Die Tradition

传统

Ein Mann versohlt seinem Sohn kräftig den Hintern. Der Sohn beißt tapfer die Zähne zusammen und weint nicht. Da wird der Vater noch wütender und holt einen Rohrstock. »Schlag nur zu, schlag nur zu«, sagt der Sohn. »An deinen Enkelkindern werd ich mich rächen.«

Beim Militär

军

Ein hoher Offizier der Volksbefreiungsarmee besucht einen abgelegenen Standort. Die Truppe ist schon angetreten.

»Guten Morgen, Soldaten!«

»Guten Morgen, Herr General!«

Der General schreitet die Front ab. Einer der jungen Männer gefällt ihm besonders. Anerkennend klopft er ihm auf die Brust. »Sehr gut, Soldat, Sie haben ja sehr schöne Muskeln.«

Der junge Mann salutiert. »Melde gehorsamst, Herr General, ich bin eine Soldatin.«

Unverhofft

Eine *ni gu (buddhistische Nonne)* geht ins Krankenhaus. Dummerweise wird ihre Ultraschallaufnahme von einer leichtsinnigen Krankenschwester verwechselt.

»Herzlichen Glückwunsch«, sagt der behandelnde Arzt. »Sie sind schwanger!«

»Herrje«, sagt die Nonne. »Nicht mal den Gurken kann man noch trauen.«

Schlankheitswahn

胖 瘦

o und 8 treffen sich auf der Straße.

»Pah«, sagt o und betrachtet sein Gegenüber verächtlich. »Wenn man dick ist, muss man auch dazu stehen. Wozu nimmst du noch einen Gürtel?«

Donnerwetter!

厕所

Ein Mann hat Verstopfung und hockt stundenlang auf der öffentlichen Toilette in der *Huaihai*-Straße. Da kommt ein anderer hereingestürmt und schon nach wenigen Sekunden hört man es Donnern und Krachen.

»Ach, ich beneide Sie«, sagt der Verstopfte.

»Was gibt es da zu beneiden?«, schallt es aus der Nachbarkabine. »Ich hab ja die Hosen noch an!«

Im Unfallkrankenhaus

医院

»Schwester Xiaoli«, sagt der Arzt. »Könnten Sie bitte zu dem Verletzten gehen und ihn nach seinem Namen fragen, damit wir seine Familie benachrichtigen können?«

Eine Weile später kommt die Schwester zurück. »Der Patient sagt, das ist nicht nötig«, erklärt sie. »Seine Familie wüsste schon, wie er heißt.«

Höhere Mathematik

Der Prüfer bei der Musterungskommission befragt einen jungen Mann. »Wie viel ist zwei mal zwei?«

»Drei«, sagt der junge Mann.

»Falsch«, sagt der Prüfer.

»Dann eben fünf«, sagt der junge Mann.

Der Prüfer notiert: *Aufgenommen. Sehr flexibel.*

Dann kommt der nächste Kandidat. »Wie viel ist zwei mal zwei?«

»Drei«, sagt der junge Mann.

»Falsch«, sagt der Prüfer.

Der junge Mann überlegt und sagt: »Doch drei.«

Der Prüfer notiert: *Aufgenommen. Sehr beharrlich.*

Da kommt der dritte Kandidat. »Wie viel ist zwei mal zwei?«

»Vier«, kommt es wie aus der Pistole geschossen.

Der Prüfer notiert: *Abgelehnt. Unbekannter Herkunft und verdächtig intelligent.*

Wärmflasche

»Nachts im Bett ist mir immer so kalt«, sagt der Bauer zu seinem Arzt. »Können Sie mir da helfen?«

»Ach, wissen Sie«, sagt der Arzt, »früher ist mir das auch so gegangen. Da hab ich einfach meine Frau in den Arm genommen und dann wurde mir warm.«

»Gute Idee«, sagt der Bauer. »Wann hat Ihre Frau Zeit?«

Es piekst!

Ein junger Tiger ging in den Wald, um sich etwas zu fressen zu suchen. Da stieß er auf einen Igel. Er wollte ihn mit seinen Zähnen packen, aber der Igel rollte sich blitzschnell zusammen. So blieb die Tigerschnauze in den Stacheln stecken. Heulend rannte der Tiger durch den Wald, konnte aber den Igel nicht abschütteln. Schließlich war der Tiger so müde, dass er sich hinlegen musste und einschlief. Da machte sich der Igel leise davon.

Als der Tiger aufwachte, war er sehr glücklich, dass er den Igel los war. Mit zerstochener Schnauze machte er sich auf den Heimweg. Plötzlich fiel eine Kastanie vor ihm auf die Straße. Da wurde dem Tiger ganz mulmig. »Ach, bitte«, maunzte er kläglich, »gehen Sie mir aus dem Weg! Ich hatte heute morgen schon Ärger mit Ihrem Vater!«

Langer Marsch

长征

Zwei Betrunkene gehen auf den Geleisen der Bahnlinie Pingxiang-Nanchang.

»Komisch«, beschwert sich der eine, »Das Treppenhaus nimmt gar kein Ende!«

»Genau«, sagt der andere, »und das Geländer ist auch viel zu niedrig!«

Feuer frei!

Eine hübsche Dolmetscherin besucht mit einer ausländischen Delegation eine militärische Ausbildungsstätte. Plötzlich beginnen die Soldaten aus Schnellfeuerwaffen zu schießen.

Die Dolmetscherin erschrickt und sinkt dem kommandierenden Offizier in die Arme. Errötend entschuldigt sie sich.

»Aber das macht doch nichts«, sagt der Leutnant. »Möchten Sie vielleicht auch die Artillerie schießen sehen?«

Spesen

为什么？

Eine Chinesin hat durch gute Beziehungen ein Visum für eine Einzelreise nach Frankreich erhalten. »Nun, wie ist es gewesen?« fragt ihr Mann nach der Rückkehr.

»Ganz schrecklich«, sagt die Heimkehrerin. »Das Hotel hat mich jede Nacht dreihundert Dollar gekostet.«

»Aber du hast doch bestimmt viele schöne Dinge gesehen?« sagt der Mann.

»Bist du verrückt? Wenn ich jeden Tag dreihundert Dollar für mein Hotelzimmer zahle, kann ich doch nicht den ganzen Tag in der Stadt herumrennen!«

Das Fossil

Eine Museumsleiterin erklärt einer Schulklasse: »Diese Knochen sind vier Millionen und neun Jahre alt.«

Der Lehrer ist erstaunt und beeindruckt. »Wie hat man denn das Alter so genau feststellen können?«

»Oh«, sagt die Museumsleiterin, »das ist ganz einfach: Sie waren vier Millionen Jahre alt, als ich vor neun Jahren hier anfing.«

Vom Wert der Literatur

Der Dichter und Maler Su Shi (1037–1101) war nicht nur wegen seiner Gedichte, sondern auch wegen seiner schönen Pinselführung bekannt. Ein Blatt mit seinen kalligraphischen Schriftzeichen wurde schon zu seinen Lebzeiten von vielen Sammlern geschätzt.

Sein weniger berühmter Kollege Han Zongru machte sich das zu Nutze, indem er die Briefe und Gedichte, die er gelegentlich von Su Shi erhielt, an einen reichen General verkaufte. Für jedes Blatt – so sagt man – erhielt er das Fleisch eines ganzen Schafes.

Su Shi ärgerte sich, als er davon erfuhr, und als der Diener Han Zongrus wieder einmal mit einer nichtigen Botschaft bei ihm erschien und auf sofortiger Antwort bestand, sagte Su Shi: »Sagt Euerm Herrn, dass er heute Abend kein Fleisch im Topf haben wird.«

Am falschen Fleck gespart

日月

Eine Gruppe von chinesischen Touristen macht eine Schlossbesichtigung. Tief unten im Burgverlies finden sie drei Skelette.

»Was sind das für Leute gewesen?«, fragt einer der Reisenden schaudernd.

Die Reiseleiterin stammt aus Peking und hat keine Ahnung. »Ach«, sagt sie schließlich. »Das müssen Leute gewesen sein, die zu geizig waren, um eine Reiseleiterin zu bezahlen.«

Lieblingsspeisen

Ein kaiserlicher Schreiber erhielt überraschend Besuch und konnte dem unerwarteten Gast nichts anderes als Tofu und grünen Tee zum Essen anbieten. Um die Peinlichkeit zu überspielen, erklärte er: »Tofu und grüner Tee sind mein Leben!«

Ein paar Monate später wurde der Schreiber zu einem Abendessen bei seinem damaligen Gast eingeladen. Auf dem Tisch standen viel Fleisch, Fisch und Reiswein, aber auch Tofu und grüner Tee. Der Schreiber aß und trank reichlich, verschmähte aber den Tee und den Tofu vollkommen.

»Herr Schreiber«, sagte der Gastgeber schließlich. »Sagtet Ihr nicht, Tee und Tofu, das sei Euer Leben?«

Der Schreiber wurde ein bisschen rot. »Das ist richtig«, erklärte er schließlich. »Aber wenn ich Fleisch und Fisch kriege, verzichte ich gern auf mein Leben.«

豆腐

Vorsichtsmaßnahmen

蛇

Vater und Sohn machen einen Ausflug. »Hier musst du sehr vorsichtig sein«, sagt der Vater. »Hier lebt die giftige Fünf-Schritte-Schlange. Wenn die dich beißt, bist du nach fünf Schritten tot.«

»Kein Problem«, sagt der Sprössling. »Nach vier Schritten bleibe ich einfach stehen, dann kann mir nichts passieren.«

»Viel zu gefährlich!«, sagt der Vater. »Wenn du gebissen wirst, darfst du dich nicht mehr von der Stelle rühren.«

Macht der Gewohnheit

★ Ein Bauer war zum ersten Mal in der großen Stadt. »Wie war's denn?«, fragen ihn seine Freunde. »Was hast du erlebt?«

»Ja, am zweiten Tag waren wir im Planetarium, da konnte man alle Sterne betrachten.«

»Und was hast du gesehen?«

»Nun ja, ich habe den Himmel gesehen und ringsherum kleine Häuser, genau wie bei uns auf dem Dorf.«

»Und dann?«

»Dann wird der Himmel dunkel und man sieht Tausende und Abertausende Sterne, genau wie bei uns auf dem Dorf.«

»Und dann?«

»Na, dann bin ich eingeschlafen.« ★

Kälteschock

Zwei chinesische Bergsteiger unterhalten sich über ihre Erfahrungen in den Eises-Höhen des Himalaja.

冷

»Bei uns war es so kalt, dass die Flammen gefroren und wir Schwierigkeiten hatten, die Kerzen zu löschen!«, erklärt der eine.

»Das ist ja noch gar nichts«, erwidert der andere. »Uns sind die Worte im Mund gefroren. Wir mussten sie erst in die Pfanne legen, um zu erfahren, was wir gesagt hatten.«

Die richtige Reihenfolge

Der gefährliche Seeräuber Zheng Guang stellte sich freiwillig den Behörden und wurde zum Offizier der Song-Dynastie (960–1279). Eines Abends musste er mit den feinen Hofbeamten trinken. Wie üblich wurden dabei auch kleine Gedichte gemacht und Zheng Guang wurde wegen seiner früheren Verbrecherlaufbahn reichlich verspottet. Aber als nun die Reihe an ihn kam, sagte er einfach: »Ich war früher ein Räuber, das stimmt, und jetzt bin ich Diener des Kaisers. Ihr dagegen wart Diener des Kaisers und seid jetzt zu Räubern geworden.«

Gewitzt

矮

Ein kleiner Intellektueller ging durch einen Wald. Da begegnete ihm ein gefährlicher Räuber. Der nahm ihm all sein Geld und seinen Proviant weg und wollte ihm gerade den Kopf abschneiden, da sagte der Intellektuelle: »Ich bin so ein kleines Licht, dass mich alle *Ai Jinshi* (Magister Zwerg) nennen. Wenn Ihr mich jetzt einen Kopf kürzer macht, kann ich mich gar nicht mehr sehen lassen!«

Da lachte der Räuber und steckte sein Messer weg.

Reisekomfort

飞

Herr Zhang fliegt zum ersten Mal mit dem Flugzeug. Gleich nach dem Start verteilt die Stewardess Kaugummi.

»Vielen Dank«, sagt Herr Zhang. »Sehr freundlich. Wozu ist das gut?«

»Das dient dem Druckausgleich. Damit es nicht im Ohr summt.«

Herr Zhang bedankt sich erneut.

Am Ende der Reise fragt ihn die Stewardess: »Na, hat es geholfen?«

»Ja«, sagt Herr Zhang. »Ganz ausgezeichnet. Können Sie mir den Kaugummi jetzt bitte wieder aus meinem Ohr nehmen?«

天

Das Jenseits

Der berühmte Mandarin Je Heng lag im Sterben und sagte zu einem Freund: »Was glaubst du, was uns drüben erwartet? Ich wüsste zu gern, ob es im Totenreich angenehm ist oder nicht!«

»Ach«, sagte der kluge Freund. »Unangenehm ist es bestimmt nicht! Zurückgekommen ist schließlich noch keiner!«

Der verhinderte Denunziant

Herr Zhang und Herr Li sitzen zusammen am Tisch. Zufällig wird etwas Wasser verschüttet, und aus lauter Langeweile malt Herr Li auf dem Tisch und schreibt: »Ich will Kaiser werden.«

水

Herr Zhang ist ein loyaler Untertan seines Herrn. Er packt den Tisch und trägt ihn zum Gericht.

»Was soll das?«, fragt ihn der Richter.

Voller Schrecken bemerkt Zhang, dass das Wasser unterwegs getrocknet und die Schrift verschwunden ist. Er verbeugt sich tief. »Das ist ein schöner alter Tisch, seit Jahrhunderten im Besitz der Familie. Ich bin gekommen, um ihn Euer Ehren zu schenken.«

Chinesische Höflichkeit III

道

Der Sieben-Uhr-Bus ist wieder einmal rappelvoll. Trotzdem drängt sich noch ein dicker Mann herein und tritt prompt jemandem auf den Fuß. »Entschuldigung«, brüllt er. »Auf welchen Fuß bin ich getreten?«

»Wenn er keine Socken anhat, war es meiner«, antwortet eine kindliche Stimme.

Esels-Mathematik

驴

Auf dem Markt hat ein Bauer zehn Esel gekauft. Er reitet auf einem nach Hause und treibt die anderen vor sich her. Auf halber Strecke beschließt er, seine Esel noch einmal zu zählen. Und siehe da: Es sind nur neun Esel, die da vor ihm hergehen.

Erschrocken springt er von seinem Reittier und zählt seine Esel erneut. Und siehe da, jetzt sind es zehn.

»Nun ja«, sagt der Bauer und kratzt sich den Kopf. »Zehn Esel hab ich gekauft, aber wenn ich reite, hab ich nur neun. Ich glaube, ich werde doch lieber laufen.«

Diät

鱼

»Was hat es für Vorteile, Fisch zu essen?«, fragt die Lehrerin in der Schule.

»Das hilft gegen Kurzsichtigkeit«, sagt die kleine Bixia wie aus der Pistole geschossen.

Die Lehrerin ist verblüfft. »Gegen Kurzsichtigkeit? Wie kommst du denn darauf?«

»Na, haben Sie schon mal eine Katze mit Brille gesehen?«

Nachwuchsförderung

Der Bauer Kuang wohnt im Tal, der Bauer Tai auf dem Berg. Kuang hat einen kräftigen Eber, Tai eine prächtige Sau.

»Ich glaube, meine Sau ist in Stimmung«, sagt Tai zu seinem Nachbarn. »Wenn du uns deinen Eber bringst, kriegst du später zwei von den Ferkeln.«

Kuang lädt seinen Eber auf einen Karren und schiebt ihn mühsam den Berg hinauf. Am Abend holt er ihn wieder ab.

猪

Aber am nächsten Tag bittet der Nachbar erneut: »Einmal ist keinmal, wer weiß schon, ob es geklappt hat. Bring deinen Eber lieber noch einmal.«

Kuang lädt seinen Eber auf den Karren und schiebt ihn den Berg hinauf.

Aber der Nachbar gibt keine Ruhe. Am nächsten Tag steht er schon wieder bei Kuang vor der Tür. »Na schön«, sagt Kuang. »Aber diesmal musst du schieben.«

Sie gehen gemeinsam zum Stall und machen die Tür auf. Der Eber ist auch vorbereitet. Er hockt gemütlich im Karren und grinst.

Angeben kostet nix

Ein Mann aus der Provinz Shandong unterhält sich mit einem Mann aus der Stadt Suzhou. »Ich habe gehört«, sagt er, »die Brücken bei euch sind sehr hoch.«

»Oh ja«, sagt der andere geschmeichelt. »Letztes Jahr ist einer heruntergefallen ...«

»Und?«, fragt der erste besorgt. »Ist ihm etwas passiert?«

»Das wissen wir nicht«, sagt der Mann aus Suzhou. »Er ist noch nicht unten angekommen. Aber sag mal, ich habe gehört, die Rettiche in eurer Provinz sind sehr groß. Ich muss euch unbedingt mal besuchen.«

桥

»Da brauchst du uns gar nicht zu besuchen«, wehrt der andere lässig ab. »Nächstes Jahr werden sie so groß, dass sie bis zu euch in die Stadt wachsen.«

Briefgeheimnis

秘密

Ein Vater schickt seinen Sohn zur Post, um einen Brief einzuwerfen. Kaum ist der Sohn aus dem Haus, bemerkt der Mann, dass er vergessen hat, die Adresse auf den Umschlag zu schreiben. Er läuft zur Tür, aber der Sohn ist schon fort und kommt erst eine halbe Stunde später zurück.

»Hast du den Brief eingeworfen?«, fragt ihn der Vater.

»Ja, natürlich«, antwortet der Sohn.

»Hast du denn nicht bemerkt, dass gar kein Empfänger draufstand?«

»Doch ja, ich dachte bloß, du willst nicht, dass ich erfahre, wem du geschrieben hast, Vater.«

Anglerglück

宝贝

»Sag mal, Schatz«, sagt Frau Jie zu ihrem Gemahl, »erinnerst du dich noch, dass du letztes Jahr mit deinem Freund Song zum Karpfen-Angeln gegangen bist?«

»Aber ja«, sagt Herr Jie. »Weshalb fragst du?«

»Heute hat einer der Karpfen angerufen und gesagt, du bist Papa geworden.«

Der Fortschritt

光

Das Dorf Nanting soll elektrifiziert werden. Misstrauisch betrachten die Bauern die endlose Stromleitung, die über den Berg führt.

»Ach, lassen Sie gut sein, Herr Ingenieur«, sagt schließlich der Dorfälteste. »Wenn der Strom jeden Abend von so weit herkommt, da schlafen wir längst, bis er da ist. Da brauchen wir auch kein elektrisches Licht mehr.«

Die Weisheit der Natur

爸爸

»Sag mal, Papa, warum haben die Hühner so kurze Beine?«

»Stell nicht so dumme Fragen! Wenn die Hühner längere Beine hätten, würden ja die Eier beim Runterfallen kaputtgehen.«

Die Vorsichtsmaßnahme

屁眼

Eine chinesische Reisegruppe füttert die Affen im Zoo. Alle fressen manierlich die Erdnüsse. Nur einer der Affen steckt sich jede Nuss in den After, ehe er sie knackt und verspeist.

»Iii-gitt«, sagt Frau Wang. »Das ist ja ekelhaft. Woher kommt dieses scheußliche dumme Tier?«

»Das ist der klügste von allen«, erklärt bedächtig der Tierpfleger. »Seit er letztes Jahr eine Verstopfung hatte, prüft er bei jeder Nuss, ob sie hinten auch wieder rauspasst.«

Der Stellvertreter

丈夫

Der Ehemann ist kurz nach den Flitterwochen verstorben, die hübsche junge Witwe ist unsagbar traurig. Der Freund des Mannes versucht sie zu trösten: »Wäre es dir recht, wenn ich deinen Mann vertrete?«, fragt er, nicht ohne Hintergedanken.

»Aber ja«, sagt die Witwe. »Nur ... wird man das auch erlauben?«

»Wer soll denn da was erlauben?«, fragt der Freund selbstbewusst.

»Na, das Bestattungsinstitut, dachte ich.«

Gleichberechtigung

亲爱的

Der Ehemann: »Wann kannst du so gut kochen wie meine Mutter?«

»Ganz einfach, Liebling: Wenn du so viel Geld verdienst wie mein Vater!«

Hörst du mich?

大夫

»Herr Doktor, ich glaube, meine Frau wird langsam taub.«

»Wie kommen Sie darauf?«

»Neulich hab ich sie getestet. Ich hab mich zehn Meter weit weg von ihr hingestellt und hab sie gerufen: ›Hui Feng, hörst du mich?‹, aber sie hat nicht reagiert. Da bin ich fünf Meter näher an sie heran und habe gerufen: ›Hui Feng, hörst du mich?‹, und sie hat wieder nicht reagiert. Schließlich hab ich einen Meter vor ihr gestanden und ganz laut gerufen: ›Hui Feng, hörst du mich?‹ Da hat sie gesagt: ›Natürlich höre ich dich. Das sag ich dir jetzt schon zum dritten Mal!‹«

Ein kurzer Besuch

客

»Entschuldigung, meine Herrin lässt Ihnen sagen, sie sei nicht zu Hause.«

»Das macht nichts. Dann sagen Sie ihr bitte, ich sei nicht gekommen.«

Schlafstörungen

»Ich bin todmüde«, erklärt Herr Huo seinem Freund. »Meine Frau schreit bei jedem kleinsten Geräusch in der Nacht, weil sie denkt, dass es Einbrecher wären.«

»Aber Einbrecher machen doch möglichst gar kein Geräusch.«

»Das hab ich ihr auch gesagt. Und jetzt schreit sie auch, wenn man nichts hört.«

我累死了。

Die Vergrößerung

Eine Frau kommt ins Fotogeschäft. »Ich möchte eine Vergrößerung machen lassen.«
»Aber gern. 10 x 15, 13 x 18 oder noch größer?«
»Ach, so groß braucht es gar nicht zu sein. Bloß die Augen, die hätt ich gern doppelt so groß.«

Weltspiegel

奶奶

Die Großmutter kommt zu ihrem Enkel zum Fernsehen. Es läuft ein Dokumentarfilm. »Was sind das für schwarze Leute?«, fragt die Oma den Enkel.

»Das sind arme afrikanische Kinder, die haben nichts mehr zu essen.«

»Ach, Unsinn. So arm können die gar nicht sein. Woher haben sie denn das Geld für die Löckchen?«

Der gehorsame Sohn

儿子

»Ach, was soll ich nur machen«, klagt Herr Hong seinem Freund. »Ich möchte endlich auch heiraten. Aber jedesmal, wenn ich eine Freundin mit nach Hause bringe, lehnt meine Mutter sie ab.«

»Das ist doch ganz einfach«, sagt der welterfahrene Freund. »Nimm einfach eine, die so wie deine Mutter aussieht.«

»Das hab ich auch schon probiert«, sagt Herr Hong. »Aber die hat mein Vater dann nicht gewollt.«

Gegensätze

结婚

»Warum hast du eigentlich deinen Mann geheiratet? Ihr habt doch überhaupt nichts gemeinsam.«

»Nun, man sagt ja, Gegensätze ziehen sich an.«

»Was soll das bedeuten?«

»Nun, ich war schwanger, und er war es nicht.«

Service

吻

Eine Verkäuferin aus dem Kaufhaus *Bai Huo Shang Dian* (»Hundertware«) wird zum ersten Mal geküsst. Sie errötet, öffnet die Augen und fragt: »Kann ich sonst noch mit etwas dienen?«

Thema verfehlt

妈妈

»Nun, mein Sohn, hast du für den Hausaufsatz eine gute Note gekriegt?«

»Nein, eine Sechs.«

»Aber ich hab mir doch solche Mühe gegeben!«

»Das kann schon sein. Aber der Lehrer hat gesagt, der Aufsatz hätte das Thema verfehlt.«

»Wie denn das?«

»Na, das Thema hieß doch: *Mein Vater.*«

»Ja, und?«

»Na, du hast über meinen Opa geschrieben.«

Chronische Unpünktlichkeit

小姐

»Sagen Sie, Fräulein Shui, warum kommen Sie denn heute schon wieder zu spät?«

»Ach, eigentlich wäre ich vollkommen pünktlich gewesen, aber als ich aus dem Bus gestiegen bin, hat ein Mann mich verfolgt.«

»Das ist doch kein Grund, zu spät zu kommen.«

»Ja, wissen Sie, der Mann ist so langsam gegangen.«

Aufmerksamer Zeuge

汽车

»Papa, Papa! Jemand hat unser Auto geklaut!«

»Ja, kannst du dich an den Dieb erinnern?«

»Nein, leider nicht, aber ich habe die Wagennummer notiert.«

Heldentum

火

Ein Ölfeld brennt im Nordwesten von China. Die Werksfeuerwehr gibt sich alle Mühe, aber sie kommt nicht nahe genug an den Brandherd heran. Der Direktor sieht sich gezwungen, die Freiwillige Feuerwehr eines nahe gelegenen Dorfes um Hilfe zu bitten. Tatsächlich fahren die jungen Burschen schneidig bis dicht an die haushohen Flammen, reißen ihre Schläuche heraus – und löschen das Feuer in letzter Minute.

Der Direktor ist tief beeindruckt. Voller Dankbarkeit überreicht er dem Feuerwehrhauptmann 2000 Yuan. »Und was werden Sie mit dem Geld machen?«, erkundigt er sich leutselig bei dem Beschenkten.

»Als erstes kaufen wir Bremsen für unser Feuerwehrauto«, erklärt der frischgebackene Held. »Die verdammte Kiste hätte uns beinahe ins Feuer gefahren.«

Perspektive

火车

Anhui (eine Provinz zwischen Peking und Kanton) ist eine recht flache Gegend. Dementsprechend endlos sind hier die Bahngeleise.

Zwei Bauern stehen am Rand der Schienen. »Merkwürdig«, sagt der eine. »Die Geleise werden ja immer schmaler. Fällt da der Zug nicht hinunter?«

»Nein«, sagt der andere ganz überlegen. »Wenn er vorbeigefahren ist, wird der Zug ja auch immer kleiner.«

Der Fortschritt

Ich habe gehört, dass unsere Vorfahren ohne Handy, ohne Playstation und ohne Farbfernseher auskommen mussten! Also, ich könnte ohne diese Dinge nicht leben!«

»Na ja, unsere Vorfahren sind ja auch alle gestorben.«

人

什么东西？

Proviant

Ein Bauer hat eine Thermoskanne gekauft und erklärt seiner Frau: »Wenn man da etwas Heißes reintut, bleibt es heiß, und wenn man was Kaltes reintut, dann bleibt es kalt.«

Am nächsten Tag kommt er von der Arbeit nach Hause, stellt die Kanne auf den Tisch und sagt: »Das Zeug da drin hat aber komisch geschmeckt. Was hast du mir denn da mitgegeben?«

»Für morgens einen heißen Tee und für mittags zwei kalte Cola!«

Beim Fahrradhändler

»Sagen Sie, das Fahrrad, das Sie mir verkauft haben, hat ja gar keine Lampe!«

»Na und?«

»Ja, auf der Anzeige in der Zeitung war aber eine dran.«

»Nun ja, auf der Anzeige in der Zeitung saß auch eine hübsche Frau drauf!«

美女

Pechsträhne

Ein Gemüsehändler hat mit seinem Lieferwagen einen Fußgänger angefahren und muss eine große Summe Schmerzensgeld zahlen. Weil sein Laden in einer sehr belebten Straße liegt, passiert dasselbe ein paar Wochen später noch einmal. Diesmal wird er zu einer noch höheren Summe verurteilt. Verzweifelt sitzt er zu Hause. »Ich werde bankrott gehen, ich werde bankrott gehen.«

Da kommt sein kleiner Sohn angerannt. »Papa, Papa, die Mama ist von einem Laster überfahren worden!«

走运

Da fällt der Mann auf die Knie und Tränen steigen ihm in die Augen. »Dem Himmel sei Dank!«, ruft er. »Jetzt hat sich mein Schicksal gewendet.«

Hoher Besuch

Eine Buchhandlung in Peking soll Besuch von Mao erhalten. Sofort lässt der Geschäftsführer den ganzen Laden ausräumen. Nur die Werke des Großen Vorsitzenden liegen auf den Tischen und stehen in den Regalen.

书

Mao ist sichtlich beeindruckt. Wohlgefällig geht er zwischen den Tischen herum. Schließlich stellt er dem Geschäftsführer aber doch eine Frage. »Sag mal, Genosse, gibt's denn bei euch gar keine Bücher von anderen Schriftstellern?«

»Im Prinzip schon«, sagt der erschrockene Buchhändler, »aber die sind alle verkauft.«

Beim Fernsehen

电视

Der Nachrichtensprecher hat gerade die Hälfte der Sendung geschafft, da wird ihm ein Zettel gereicht.

»Soeben erreicht uns folgende Nachricht«, erklärt er mit großer Geste.

Er faltet den Zettel auf und liest: »Du hast noch Spinat an den Zähnen.«

Lustschreie

Der menschenfreundliche Direktor hat seine tüchtige Sekretärin mit seinem besten Angestellten verkuppelt. Die beiden sind ein schönes Paar, und in der Hochzeitsnacht geht es mächtig zur Sache.

»Sei nicht so laut!«, sagt der junge Mann schließlich. »Wir kriegen noch Ärger.«

»Herrje«, sagt die Braut lächelnd. »Du redest ja schon wie der Chef.«

Modische Eleganz

穿衣

脱衣

Zwei Sekretärinnen unterhalten sich. »Hmm, der neue Direktor sieht aber gut aus. Er hat lauter schicke Sachen.«

»Ja, und er kann sie auch sehr schnell anziehen.«

Resozialisierung

罪犯

Ein Schwerverbrecher sitzt im Gefängnis. Eines Tages fragt ihn der Wärter. »Sag mal, was hast du denn für böse Dinge getan, dass deine Freunde dich nie besuchen?«

»Meine Freunde?«, sagt der Verbrecher erstaunt. »Die sind doch längst alle hier.«

Warum wir saufen

In einer *Jiu Guan* (Weinstube) sitzen zwei Säufer und trinken.

酒馆

»Ach, Mensch«, sagt der eine. »Mir geht es so dreckig. Meine Frau ist weggelaufen und hat alles mitgenommen, was mir gehört.«

»Mir geht es viel schlimmer«, erklärt ihm der andere. »Mir hat meine Frau auch alles weggenommen. Aber sie ist noch da.«

Die Diagnose

Ein Mann kommt zum Arzt. Aus seiner Nase hängt ein Stück Apfel, in seinem Ohr steckt eine Banane und am Hals hat er eine Pflaume. »Herr Doktor! Bitte helfen Sie mir! Was ist das für eine Krankheit?«

口 耳

Der Arzt sieht ihn kritisch an und sagt schließlich: »Ich würde sagen, mit Ihrer Nahrungsaufnahme stimmt etwas nicht.«

鼻

Kaputter Fahrstuhl

坏了

Ein Gast kommt spät nachts betrunken zurück ins Hotel und randaliert in der Eingangshalle herum. »He«, brüllt er laut. »Herr Portier! Ist euer Fahrstuhl kaputt?«

»Unser Fahrstuhl ist völlig in Ordnung. Sie stehen bloß in der Telefonzelle.«

Geistesgegenwart

Ein Geschäftsmann beschwert sich bei seinem Freund, dem Generaldirektor der Fluglinie. »Hör mal, der Service bei eurer Ticketreservierung ist wirklich lausig. Die Leute sind so was von unhöflich.«

Der Generaldirektor kann es nicht glauben.

»Na, dann ruf doch selbst einmal an.«

Der Generaldirektor greift zum Hörer und tut so, als wäre er ein gewöhnlicher Kunde. »Sagen Sie, Fräulein, wann geht morgen die letzte Maschine nach Shanghai?«

»Für solche Auskünfte haben wir keine Zeit.«

啊哈

»Na, hören Sie mal, wissen Sie eigentlich, wer hier spricht?«

»Nein, woher soll ich das wissen?«

»Ich bin der Generaldirektor der Fluglinie!«

»Aha«, sagt die Stimme. »Und wissen Sie auch, wer ich bin?«

»Nein.«

»Na, dann ist ja gut«, sagt die Stimme und der Hörer wird aufgelegt.

Glück im Unglück

石头

»He, schauen Sie mal«, sagt ein Passant zu einem Mann, der an der Straße sitzt. »Ihr Sohn hat gerade diesen Stein nach mir geworfen!«

»Ach, wirklich? Hat er Sie denn getroffen?«

»Nein, zum Glück nicht.«

»Dann war es auch nicht mein Sohn.«

Schwere Arbeit

Lan Chong, ein eher träger Zeitgenosse, beklagt sich ständig, dass ihm die Arbeit zu schwer ist und alle anderen weniger tun. Schließlich sorgt seine Frau mit Hilfe ihres Vaters dafür, dass er einen Posten als Friedhofswächter erhält. »Die Arbeit ist wirklich ganz leicht«, sagt der Schwiegervater. »Du musst bloß aufpassen, dass niemand die Gräber bestiehlt.«

懒

Brummend geht Chong zur Arbeit, aber schon am Nachmittag ist er wieder zu Hause.

»Was ist denn nun schon wieder?«, fragt seine Frau.

»Ach, diese Arbeit ist mir zu blöde«, sagt Chong. »Ich muss Wache stehen und aufpassen, und die anderen liegen bloß alle faul rum.«

Alles relativ

Der Antragsteller beschwert sich: »Jetzt stehe ich schon drei Stunden vor deinem Schalter, Genosse.«

Da sagt der Beamte: »Und ich sitze schon seit dreißig Jahren dahinter.«

Chinesische Medizin

Herr Chen muss seit einiger Zeit sehr viel arbeiten und ist zu Hause im Bett nicht sehr tüchtig. Seine Frau kommt damit nicht gut zurecht. Sie wagt es aber nicht, ihm etwas zu sagen, sondern kauft insgeheim ein Potenzmittel. Das streut sie ihm beim Abendessen über die Nudeln, zieht sich ins andere Zimmer zurück und legt sich ins Bett.

性

Plötzlich hört sie ihren Mann schreien. »He, *bao bai*, komm mal schnell her, das musst du dir ansehen.«

Die Frau kommt im Negligé angerannt, und Herr Chen zeigt auf den Tisch: Sämtliche Nudeln sind dreimal so dick und stehen senkrecht im Teller.

Autorität

»Guten Tag, Herr Direktor, meine Frau sagt, ich soll eine Gehaltserhöhung von Ihnen verlangen.«

»Gut, Genosse Wenqiao, dann werde ich heute Abend meine Frau fragen, ob ich das genehmigen kann.«

Auf dem Markt in Shanghai

Sind die Krebse wirklich frisch?«, fragt die misstrauische Hausfrau.

»Ja, natürlich, schöne Frau«, sagt der Verkäufer. »Sehen Sie nicht, dass sie alle noch leben?«

»Das schon. Aber du lebst ja auch noch!«

Augenkrankheiten

»Letzte Woche ist meiner Tochter ein Sandkorn ins Auge geraten. Da hab ich beim Arzt dreißig Yuan zahlen müssen.«

»Da bist du ja noch gut dran. Meiner Frau ist eine Perlenkette ins Auge gefallen. Das wird mich dreitausend Yuan kosten.«

Die Suppe

Ein alter Mann hatte eine Lieblingssuppe, die er immerzu essen wollte. Jeden Tag musste seine Frau sie ihm kochen. Aber dann starb seine Frau, und der Alte brachte seine Schwiegertochter dazu, ihm die Suppe zu kochen. Er nannte ihr alle Zutaten und gab ihr sogar das Rezept. Aber am Abend wollte die Suppe nicht schmecken. »Irgendwie ist sie anders«, sagte der alte Mann und schüttelte mürrisch den Kopf.

Am nächsten Tag versuchte es die junge Frau wieder, aber das Ergebnis blieb immer das gleiche. Monat um Monat verging, jeden Tag kochte sie Suppe, aber sie wollte und wollte dem Schwiegervater nicht schmecken.

毒
药

Das ewige Genörgel ging der jungen Frau so auf die Nerven, dass sie schließlich beschloss, den alten Mann umzubringen. Sie kochte die Suppe, nahm eine Büchse mit Rattengift, die sie in einer Ecke entdeckt hatte, und rührte eine kräftige Prise hinein. Das Ergebnis allerdings war überraschend: »Danke, meine Tochter! Endlich schmeckt meine Suppe wie früher!«

Kunstverstand

裸

Eine Bäuerin geht mit ihrem Enkel in eine Revue. Kaum haben die Tänzerinnen begonnen zu tanzen, da schreit die alte Frau: »Was ist denn das für ein Durcheinander? Der Vorhang geht auf, dabei sind die Mädchen noch nicht einmal angezogen!«

Kunstverstand II

资本家

»Mit der Vererbungslehre kann etwas nicht stimmen, Genosse.«

»Wieso?«

»Jedesmal, wenn ich ins Kino gehe und einen chinesischen Film sehe, sind die Kapitalisten und Gutsbesitzer ganz hässlich und ihre Töchter bildschön.«

Kunstverstand III

»Genosse Regisseur, deine Inszenierung ist viel zu laut!«

»Aber, Herr Direktor, das ist ein militärisches Stück. Da wird nun einmal geschossen.«

»Kann schon sein. Aber wenn's dauernd knallt, wacht das Publikum auf!«

Kunstverstand IV

»Ich kenne einen Opernsänger, der sich vor jedem Auftritt verbeugt.«

»Wieso denn das?«

»Na, wenn er sich am Ende verbeugt, ist keiner mehr da.«

Im tiefen Wald

森林

Ein Mann hat sich im Wald verlaufen. Endlos irrt er umher, bis er schließlich auf eine Hütte stößt. Davor sitzt ein zerlumpter Mann und brät sich gerade eine Ratte.

»Dem Himmel sei dank«, ruft der Verirrte. »Seit drei Tagen irre ich jetzt schon umher.«

»Freu dich nicht zu früh«, sagt der andere. »Ich habe mich vor zwei Jahren verlaufen.«

Chinesische Medizin

药

Ein Arzt verschreibt seinem Patienten traditionelle Heilmittel. »Diese Kügelchen sind für den Magen, die Blätter hier sind für das Herz und die Wurzeln sind für die Leber. Dreimal täglich nach den Mahlzeiten. Haben Sie das verstanden?«

»Ja, natürlich. Dreimal täglich, kein Problem. Aber woher wissen die Medikamente, wo sie hinmüssen?«

Vererbung

Ein Dieb und eine Diebin haben geheiratet. Ein Jahr später ist die Frau schwanger, und die beiden hoffen sehr, dass ihr Kind auch ein guter Dieb wird. Aber alle Hoffnungen werden zunichte: Die rechte Hand des Kindes lässt sich nicht öffnen.

Betrübt gehen die beiden mit ihrem Baby nach Hause.

Aber der Vater will noch nicht aufgeben. Stundenlang lässt er eine goldene Uhr vor dem Kind hin und her pendeln. Und siehe da: die Therapie hilft. Nach zwei Tagen streckt das Baby die Hand aus, die Finger öffnen sich – und der Ring der Hebamme fällt auf den Tisch.

小偷

Die Entschädigung

Ein wenig begabter junger Arzt hat zwei Kinder. Eines Tages behandelt er den Sohn eines reichen Gutsbesitzers, aber der Patient stirbt trotz der Behandlung. Da muss der Arzt dem Gutsbesitzer seinen Sohn geben.

家

Einen Monat später behandelt er die Tochter eines reichen Kaufmanns, aber auch dieses Kind stirbt, und der Arzt muss auch noch sein anderes Kind hergeben.

Da kommt eines Tages ein hoher Beamter zu ihm. »Meine Frau ist krank«, sagt er.

Da geht der Arzt weinend ins Schlafzimmer zu seiner Frau. »Oh weh«, sagt er. »Jemand hat ein Auge auf dich geworfen.«

Verhütung

Die Familienplanungskommission kommt in ein kleines Dorf am Fuß des Gebirges, um den Leuten beizubringen, wie man verhütet. Die Frauen sind nicht sehr interessiert, deshalb beginnt die Kommission mit den Männern. »Du musst unbedingt ein Kondom nehmen«, erklären sie einem Mann, der schon acht Kinder hat.

Der gute Bauer zeigt sich auch willig, aber als die Kommission einen Monat später zurückkommt, ist die Frau des Mannes erneut schwanger.

男

»Du Dummkopf«, schilt ihn die Ärztin. »Ich habe dir doch gesagt, du sollst ein Kondom tragen.«

女

»Das hab ich ja auch«, verteidigt der Mann sich. »Aber nach zwei Tagen musste ich so dringend pinkeln, dass ich die Spitze wegschneiden musste.«

Behandlungserfolg

Ein Gynäkologe hat gerade seine erste Praxis eröffnet. Am nächsten Tag besucht ihn sein Freund. »Na, was macht die Kunst?«, fragt er.

»Teils, teils«, erwidert der Mediziner. »Die Mutter und das Kind sind leider gestorben, aber den Vater hab ich gerettet.«

Die Konferenz

»Fräulein Yang, bitte erinnern Sie mich daran, dass ich am 20. an einer wichtigen Konferenz teilnehmen muss.«

»Der 20. war gestern, Herr Direktor.«

»Ach, hab ich die Konferenz verpasst?«

»Nein, nein, Sie haben teilgenommen.«

Die Schlankheitskur

Herr Wang möchte abnehmen. Deshalb geht er zum Arzt, der ihm ein Medikament verschreibt. Jeden Abend zwei Pillen.

Herr Wang nimmt seine Pillen und hat einen herrlichen Traum: Er ist auf einer Insel mit 10 000 schönen Frauen. Er jagt sie über die ganze Insel, und dabei nimmt er zehn Kilo ab.

减肥

Herr Dong erfährt von dieser Behandlung und sagt dem Arzt, er wolle ebenfalls abnehmen. Auch er erhält seine Pillen und träumt ebenfalls von einer Insel. Allerdings wird diese Insel nicht von schönen Frauen, sondern von einem Gorilla bewohnt. Der jagt Herrn Dong jede Nacht über die Insel, und so nimmt Herr Dong ebenfalls zehn Kilo ab.

Trotzdem geht er zum Arzt und beschwert sich. »Warum hatte ich nicht denselben Traum wie Herr Wang?«

»Na ja«, sagt der Arzt. »Sie sind eben Kassenpatient.«

Anstrengende Träume

Ein junger Mann kommt zum Therapeuten. »Herr Doktor, ich habe ein Problem. Jede Nacht träume ich, dass ich einen Sattelschlepper von Chengdu nach Shanghai fahren muss. Ich bin völlig erschöpft.«

»Kein Problem«, sagt der Therapeut. »Ab sofort werde ich den Lastwagen fahren.«

梦

Die Therapie ist erfolgreich, und der junge Mann geht in seine Lieblingsbar, um etwas zu trinken. Da trifft er einen alten Freund. »He, was ist denn mit dir los, du bist ja so blass.«

»Ach«, sagt der Freund. »Ich hab ein Problem. Jede Nacht träume ich, ich müsste drei Frauen glücklich machen. Ich bin fix und fertig.«

»Ich weiß, wer dir helfen kann«, sagt der junge Mann und schickt ihn zum Therapeuten.

Eine Woche später trifft er seinen Freund wieder, aber der sieht noch schlimmer aus als zuvor.

»Was ist denn passiert?«, fragt der junge Mann. »Träumst du immer noch von diesen Frauen?«

»Nein, nein«, sagt der Freund. »Die sind weg, aber jetzt muss ich immer so einen verdammten Lastwagen fahren.«

Herzlichen Glückwunsch

小东西

»Es ist zwar nur eine Tochter«, sagt Frau Long zu ihrem Mann. »Aber schau nur: Die Stirn, die Nase, die Augen – alles ist nach dir geraten.«

»Das stimmt«, sagt der Mann. »Nur das wichtigste Ding sieht so aus wie bei dir.«

Nachwort

Xiaohua (笑话), so nennt man Witz auf Chinesisch. Wörtlich übersetzt: »Lachgespräch« oder »Lachgeschichte«.

Dass die Kinder der Drachen sehr viel lachen, das ist inzwischen vielen Europäern aufgefallen. Bei den chinesischen Touristen, deren Zahl jedes Jahr rapide zunimmt, kann man es leicht beobachten. So bald mehr als drei Chinesen zusammen unterwegs sind, wird gelacht und gekichert. Besonders beeindruckend wird es für einen Europäer, wenn eine ganze Reisegruppe gleichzeitig zu lachen anfängt, als hätte ein unsichtbarer Lachdirigent den Stab gehoben. Dabei ist die Ursache meistens ein kleiner Witz oder eine schlagfertige Bemerkung eines der Mitreisenden.

Deutsche, die einige Jahren in China verbracht haben, sagten zu mir, dass dort mehr gelacht werde als hierzulande. Das hat vielleicht damit zu tun, dass die Deutschen dazu neigen, die Dinge schwerer zu nehmen, als sie eigentlich sind. Chinesen tendieren eher in die umgekehrte Richtung.

Lachen ist für Chinesen unentbehrlicher Bestandteil eines gesunden Lebens. »Mit einem Lachen kann man sich zehn Jahre verjüngen« ist ein weit verbreiteter Spruch, der in der chinesischen Lebensphilosophie tiefe Wurzeln geschlagen hat. Sowohl der Taoismus als auch die Traditionelle Chinesische Medizin preisen den Einklang des Menschen mit seiner Umgebung sowie die innere Ausgeglichenheit. Da ein gemeinsames Lachen und lachendes Beisammensein ein Bild der Harmonie ergeben, schätzen die Chinesen das Lachen und üben es auch gern in der Öffentlichkeit. Nicht nur zu Hause, sondern auch in Restaurants und Büros wird fleißig und ausgiebig gelacht.

Selbst ein feindliches Lachen wird nicht unbedingt abgelehnt. *»Kommt ein lachender Tiger zu Besuch, wird er nicht geschlagen«* – heißt ein chinesisches Sprichwort. Dabei symbolisiert der lachende Tiger einen gut getarnten Feind, auf Deutsch gesagt: den Wolf im Schafspelz.

Die Kunst, die Menschen zum Lachen zu bringen, hat in China eine lange Tradition. Schon vor 2500 Jahren, als die konfuzianische und andere Schulen gegründet wurden, bauten die großen Lehrer stets Witze in ihre Ausführungen ein, um im Streitgespräch erfolgreich zu sein und die eigene Lehre überzeugend darzustellen. Diese alten Weisheiten sind heute zu festen Sprüchen geworden, die meist aus vier Wörtern bestehen und zu festen Redensarten geworden sind. Zum Beispiel:

Ya-Miao-Zhu-Zhang (揠苗助长): Ein Mann zieht seine Setzlinge ein Stück aus der Erde, in der Hoffnung, auf diese Weise das Wachstum zu fördern. Das Ergebnis: Die Pflanzen sind tot.

Der Spruch bedeutet: Wer eine Sache zu eilig vorantreiben will und dabei gegen die Naturgesetze verstößt, der wird scheitern.

Oder:

Shou-Zhu-Dai-Tu (守株待兔): Ein Hase prallt gegen einen Baum und ist tot. Der Bauer, der das gesehen hat, setzt sich neben den Stamm und wartet auf weitere Hasen – vergeblich.

Es bedeutet heutzutage: närrisch auf eine einmalige, nie wiederkehrende Chance warten.

Schon vor ca. 1700 Jahren hat ein Chinese namens Handan Chun die erste chinesische Witzsammlung, ein dreibändiges Buch mit dem Titel »Lachwald«, herausgegeben. Seither wuchsen die Witzsammlungen beständig. Besonders in der Ming- und Qing-Dynastie florierten die Witzbücher.

Die überlieferten Witze stammten meistens aus dem Volk und wurden von chinesischen Intellektuellen gesammelt und herausgegeben. Ein kleiner Teil entstand direkt aus der Fantasie der Schreibenden. Da es sich bei den klassischen Witzen und Anekdoten oft um eine kleine Geschichte handelt, kommen sie uns im Vergleich zu modernen Witzen relativ lang vor. Gelegentlich war es für die vorliegende Sammlung auch nötig, den Hintergrund der Geschichten zu erläutern, um sie den deutschen Lesern verständlich zu machen.

Anhand der alten Bücher kann man feststellen, dass unsere Vorfahren über vieles gelacht haben: über Dummheit, Faulheit, Naivität, Geiz, Diebstahl, Täuschung, Hinterlist, Sitten, Sexualverhalten und Männer-Frauen-Beziehungen, über Korruption und Brutalität der Beamten. Die Witzwütigen kannten offenbar keine Grenze. Lediglich die Armen und die allmächtigen Kaiser wurden kaum je zum Gegenstand der Witze. Offenbar ein Zeichen der Rücksicht und Vorsicht.

Hier ein paar Witze aus den früheren Zeiten:

Ein Beamter macht einen Ausflug zu einem Tempel und begegnet dort einem Mönch. »Essen Sie Fleisch?«, fragt der Beamte beiläufig. »Nicht viel, nur wenn ich Schnaps trinke«, antwortet der Mönch. »Ach, Sie trinken sogar Alkohol?« »Auch nicht viel. Nur wenn die Schwiegereltern oder der Schwager zu Besuch kommen, dann leiste ich Ihnen ein bisschen Gesellschaft.« »Was?! Verheiratet sind Sie auch noch«, sagt der Beamte empört. »Sie haben alle Gebote, die Mönche einzuhalten hat, gebrochen. Morgen werde ich dem Kreisvorsteher einen Bericht erstatten, und Ihre Bestätigung wird zurückgezogen.« »Das ist nicht mehr nötig. Vor drei Jahren ist alles aufgeflogen, und meine Bestätigung wurde schon damals kassiert.«

– aus dem Buch »Vergrößerter Lachwald« von Youxizhuren (ein Pseudonym, bedeutet Spielherr) aus der Qing-Dynastie (1644–1911)

Feng Dao und He Ni sind Beamte der Fünf-Dynastie (907–960). Eines Tages fragt He Ni den anderen: »Ich sehe, du hast neue Stiefel an. Wie viel hast du dafür bezahlt?«

Feng Dao hebt langsam den linken Fuß. »900.«

Da ruft He Ni seinen Diener und fängt an zu schimpfen: »Wieso hast du für meine 1800 ausgegeben?«

Da hebt der Phlegmatiker Feng Dao langsam das andere Bein: »An diesem Fuß noch mal 900.«

– aus dem Buch »Aus verschiedenen Büchern« von einem anonymen Herausgeber aus der Yuan-Dynastie (1271–1368)

Jemand hat einen Sattel verloren. Er sieht einen Mann auf der Straße und hält ihn fest. Der andere protestiert: »He, das ist nicht Ihr Sattel, das ist mein Gesicht.« Beide streiten so hitzig, dass sie vor Gericht ziehen wollen. Da kommt ein Passant vorbei und sagt zu dem mit dem langen Gesicht: »Gib dem andern lieber gleich einen Schadensersatz und geh deiner Wege. Wenn der Richter dich sieht, musst du sowieso zahlen.«

– aus dem Buch »Lachhof« von Feng Menglong aus der Ming-Dynastie (1368–1644)

Auch etliche chinesische Dichter und Schriftsteller haben

die Witzwelt und besonders die Anekdotensammlungen mit ihrer brillanten Sprachfähigkeit bereichert. Berühmte Literaten wie Su Shi (1037–1101) oder Ouyang Xiu (1007–1072), beide aus der Song-Dynastie, sind bis heute als Humoristen beliebt. Von ihren herrlichen Geschichten konnten wir allerdings kaum etwas in die vorliegende Sammlung aufnehmen. Denn die Sprachmeister verwenden bei ihren Geschichten oft improvisierte Gedichte. Diese sprachliche Schönheit geht bei der Übertragung verloren, und damit auch der Reiz zum Lachen. Hier ein Beispiel einer solchen Geschichte, wobei wir anstelle der kleinen Gedichte nur eine Art Inhaltsangabe anbieten können:

Ouyang Xiu macht mit Bekannten ein Trinkwettspiel. Jeder muss ein Gedicht mit zwei Sätzen improvisieren und es muss von Schwerverbrechen handeln. Da dichtet einer los: »Mit einem Messer die Witwe sanft zum Bett bringen. Auf dem Meer Überfall ausüben.« Der Zweite: »In der Nacht mit schwarzem Mond wird ermordet. Am windigen Tag wird Brand gestiftet.«

Als Ouyang Xie an der Reihe ist, sagt er: »Die von Schnaps benetzten Ärmel sind schwer, und die Liebe drückt schwer aufs Gemüt.«

Da sagen die anderen, der Dichter habe ja gar nichts von einem Verbrechen gesagt, er müsse dafür sein Glas leeren. Doch Ouyang Xie will das nicht anerkennen: »In dem von mir beschriebenen Zustand begeht man die schwersten Verbrechen.«

– aus »Notiz zum Händeklatschen« von Xing Jushi aus der Song-Dynastie (960–1279)

Su Shi war ein mutiger Schriftsteller. Was viele nicht wagten, wagte er. Zum Beispiel Witze und Anekdoten über die Kaiser zu sammeln. Über die folgende Geschichte aus seinem Buch »Alles über Ai Zi« kann ein Deutscher zwar kaum lachen, doch sie ist in vielen chinesischen Witzsammlungen enthalten:

Ai Zi ist Beamter des Kaisers Xuan aus der Qi-Dynastie (479–502). Eines Tages erscheint er bei der Audienz mit einem besorgten Gesicht. Der Kaiser fragt ihn nach dem Grund. Da sagt Ai Zi: »Mein kleiner Sohn ist krank. Das wollte ich eigentlich der Majestät sagen. Aber dann dachte ich, das nützt auch nichts. Deswegen bin ich zwar hier bei Hof, aber in Gedanken bin ich nur bei meinem Sohn.«

»Warum hast du das nicht früher gesagt?«, erwidert der Kaiser. »Ich habe ein gutes Medikament. Wenn dein Sohn es einnimmt, wird er schnell wieder gesund.«

Ai Zi bedankt sich mit tiefer Verbeugung für das kaiserliche Geschenk. Doch statt gesund zu werden, stirbt der Sohn unmittelbar nach Einnahme des Medikaments.

Ai Zi sieht nun schlechter aus als zuvor. Der Kaiser tröstet ihn: »Ich habe Mitleid mit dir und schenke dir viel Gold für das Begräbnis deines Sohnes.«

»Ein früh gestorbenes Kind hat es nicht verdient, Geschenke von Eurer Majestät zu erhalten«, erwidert Ai Zi. »Aber jetzt möchte ich um ein Geschenk bitten: Gebt mir das Rezept für das Medikament, Majestät, das Ihr meinem Sohn geschenkt habt.«

Man muss sich dabei bewusst sein, dass in früheren Zeiten ein kaiserliches Geschenk einem Befehl glich. Es hat in der chinesischen Geschichte immer wieder Kaiser gegeben, die ihren Frauen oder Beamten Gift geschenkt haben, woraufhin diese – so schrecklich und absurd es auch klingt – sich umgehend das Leben genommen haben.

Oben habe ich erwähnt, dass die Chinesen sehr vorsichtig mit ihren Geschichten über Kaiser waren. Auch in dieser Anekdote ist nicht zu übersehen, dass selbst ein so kritischer

Schriftsteller wie Su Shi den Kaiser äußerst behutsam behandelt. Andererseits haben viele Kaiser selbst durchaus gern Witze gehört und gelacht. Am Kaiserhof benutzten die Beamten und Hofschauspieler solche Geschichten daher als Spiegel, um dem Herrscher Fehler vorzuhalten und ihn zur Einsicht zu bringen.

Für die normalen Bürger dienten die Theater und Opernhäuser als moralische Anstalt, wo auch mit immer neuen Witzen Kritik an gesellschaftlichen Missständen und negativ besetzten Personen geübt wurde. Vor allem in der Qing-Dynastie hat sich eine Witzerzählkunst auf der Bühne verbreitet, die bis heute ihre Kraft nicht verloren hat. Man nennt sie *Xiangsheng* (Komischen Dialog), und sie ist dem Kabarett hierzulande sehr ähnlich. In Deutschland treten die Kabarettisten oft solo auf, in China dagegen stehen immer zwei Männer auf der Bühne. Diese Komiker auf der Bühne lachen selbst nie, doch schon wenn sie auftreten, biegen sich die Chinesen vor Lachen. Vor allem an Feiertagen treten sie auf, da man solche Tage in China gern mit einer Bühnenshow feiert. Viele in Deutschland lebende Chinesen haben mir gestanden, dass sie das *Xiangsheng* aus der Heimat vermissen, und ich muss zugeben, mir geht es genauso.

Die erfolgreichsten Humoristen sind Han-Chinesen und gehören damit zur großen Bevölkerungsmehrheit, die das Hochchinesische spricht. Doch es gibt eine Ausnahme. Ein islamischer Gelehrter aus dem Mittelalter hat schon vor Jahrhunderten die Herzen aller Chinesen gewonnen und ist fast zum Eulenspiegel Chinas geworden. *Afanti* ist ein chinesischer Bürger uigurischer Herkunft und hat zwischen dem 12. und 13. Jahrhundert gelebt, andere Historiker meinen, der Mann sei Türke und heiße eigentlich Apanti. Afanti hin, Apanti her, auf jeden Fall ist die Beliebtheit des Spottmeisters in China so groß, dass ihm zur Zeit eine Fernsehserie mit 100 Folgen gewidmet ist, um all seine unzähligen witzigen Taten und Sprüchen auf den Bildschirm zu bringen. Auch im vorliegenden Buch finden Sie einige seiner Abenteuer. Hier noch ein Beispiel:

Auf dem Heimweg sieht Afanti eine junge, hübsche Frau in der Nähe seines Hauses und beginnt sofort, sie in ein Gespräch zu verwickeln. Als seine Frau nach langem Warten den Ehemann immer noch nicht erblickt, steckt sie den Kopf aus der Tür und ruft Afanti ins Haus. »Was soll das?« fragt sie empört.

»Ach«, sagt Afanti, »das Mädchen hat genauso ausgesehen wie du vor zwanzig Jahren, als du dich noch nicht geschminkt hast. Ich dachte, ich habe die ganze Zeit mit dir gesprochen.«

In der Zeit der Kulturrevolution (1966–1976) wurde das Lachen der Chinesen oft bitter. Denn die Zeit war repressiv und politische Katastrophen brachen über die Menschen herein. Viele Intellektuelle wurden ermordet oder zum Selbstmord gezwungen. Jugendliche gingen aufs Land und mussten erleben, dass sie aller Bildungschancen beraubt wurden ...

Nach der Einführung der Reformen von Deng Xiaoping in den 80er Jahren konnten die Chinesen wieder aufatmen und das Lachen kehrte schnell in den Alltag zurück. Bald kursierten Witze über die neuen gesellschaftlichen Phänomene. Seit das Internet eingeführt wurde, verbreiten sich Witze in China wie Feuer in trockenen Wäldern. Heute gibt es Hunderte von chinesischen Webseiten, die Tausende von Witzen enthalten. Dabei werden chinesische und ausländische Witze oft nicht genau getrennt, obwohl der Humor nicht immer derselbe ist. Doch Chinesen geben sich alle

Mühe, wenn es darum geht, von Ausländern zu lernen und sich neue Fähigkeit anzueignen. So kommt es, dass viele fremde Witze in chinesischer Verpackung auftreten und von den Chinesen auch sehr geliebt werden.

Viele Witze aus diesem Buch, besonders die modernen Witze, haben wir ebenfalls im Internet gefunden. Es mag sein, dass manche Ihnen bekannt vorkommen. Doch all diese Witze haben wir eigens für dieses Buch aus dem Chinesischen übersetzt.

Leider konnten wir viele Witze nicht ins Deutsch übertragen, obwohl wir uns dabei (fast) totgelacht haben. Es handelt sich um witzige Wortspiele, wobei die Plattnasen große Künstler auf diesem Gebiet sind. Diese Witze sind Spezialitäten der chinesischen Sprache und lassen sich nur mühsam mit Erklärungen übersetzen. Aber wo viel erläutert wird, bleibt das Lachen oft auf der Strecke. Hier unternehme ich trotzdem einen Versuch.

Der Reiseleiter sagt zu seiner Gruppe: »Jetzt machen wir Rätselraten. Welcher Spruch versteckt sich hinterm Bier einschenken?« Die Chinesen rätseln lange herum, können aber den richtigen Spruch nicht erraten. Schließlich nennt der Reiseleiter die Lösung: »Beibixialiu.« – Diese Antwort ist absurd und verblüffend zugleich. *Beibixialiu* heißt wörtlich: *die Flüssigkeit an der Glaswand entlang fließen lassen*. Doch es gibt eine Redewendung, die zwar ganz anders geschrieben wird, für die Ohren aber gleich klingt – und die vor allem viel bekannter ist, denn sie bedeutet: *niederträchtig und schmutzig*.

Chinesen bringen immer wieder neue Witze in Umlauf, die sozialkritisch sind. Sie geißeln die Korruption, die sozialen Fehlentwicklungen, zum Beispiel, dass in China viele reiche

Männer wieder mehrere Frauen haben, oder die Ursache der Umweltprobleme. Ich habe sie auf Partys oder beim Treffen mit Landsleuten gehört und gelacht. Leider habe ich sie nicht aufgezeichnet, und als ich in chinesischen Webseiten nach ihnen suchte, musste ich zu meinem Bedauern feststellen, dass sie in dem von der chinesischen Regierung kontrollierten Medium Internet kaum zu finden sind.

Dennoch gibt es genug Stoff zum Lachen. Mit diesem Buch wollen wir versuchen, den deutschen Lesern und Leserinnen den hier noch wenig bekannten chinesischen Humor zugänglich zu machen. Es würde uns sehr freuen, wenn es uns gelänge, Sie beim Blättern in unserem Büchlein zum Lachen zu bringen. Auf jeden Fall haben wir beim Zusammenstellen der Witze viel Spaß gehabt.

Xiao Xiao
Bamberg, im April 2006